CHRISTIANE ANTONS

NANAS REISE

UND ZWISCHEN UNS ALL DIE FARBEN

ROMAN

EDEL ELEMENTS

„Man kann sich die Abenteuer, für die man gemacht ist, nicht immer aussuchen."

Mariana Leky - Was man von hier aus sehen kann

PROLOG

Elsa saß auf ihrer geliebten Holzbank im Garten und hielt die kleine, dunkelrote Schatulle in den Händen. Der Wind pfiff durch die Blätter des alten Apfelbaumes. Sie liebte dieses Geräusch, es war so gemütlich, so tröstlich. Es klang nach Heimat.

Elsa zählte die Tage, bis sie die Schatulle endlich ihrer Enkelin überreichen konnte. Ihre Farbe war mit den Jahren verblasst, die Ecken waren abgenutzt. Aber der Inhalt funkelte wie eh und je. Sie dachte über die richtigen Worte nach, die sie an ihre Enkelin beim Überreichen richten wollte. Der Ring, der im weichen Kissen im Inneren der Schatulle steckte, sollte sie von nun an begleiten. Um ihre Enkelin jeden Tag daran zu erinnern, worauf es im Leben ankam.

KAFFEEBRAUN

Es gibt keine richtigen oder falschen Entscheidungen. Du fällst sie – oder eben nicht. Nana hatte sich entschieden. Und war nun ihren Job los. Sie setzte sich auf den Bürgersteig vor das Gebäude, das sie nie wieder betreten würde. Das fühlte sich irgendwie gut an und irgendwie schrecklich beängstigend. „Frank, jetzt sei kein Arsch." Das war ihr so herausgerutscht. Arsch hätte sie nicht sagen dürfen, das wusste sie selbst. Aber sie war erschöpft, die Hitze lähmte sie und schon am Morgen hatte der Kunde sie unfassbar genervt. Nana befeuchtete ihre trockenen Lippen und hob einen kleinen Stein hoch, den sie neben ihrer Sandale entdeckte. Langsam fuhr sie mit dem Zeigefinger an seinen Ecken und Kanten entlang.

Mittags hatte ihr Vorgesetzter Frank sie ins Büro gebeten und Nana mitgeteilt, dass sie ihren Urlaub leider um einige Monate verschieben musste. Frank fragte nicht, er teilte mit. Die Firma hatte einen Neukunden gewonnen, Nana sollte das Projekt ans Laufen bringen. Sie schloss für einen Augenblick die Augen, sammelte sich und entgegnete: „Frank, du weißt, ich bin immer flexibel, aber ich brauche diesen Urlaub dringend. Er ist mir wirklich wichtig." Sie hatte das *Wirklich* wirklich betont. „Ich hätte letztes Jahr auch Jasper befördern können, aber du hast mir deutlich zu verstehen gegeben, dass du unbedingt die Grafikabteilung leiten willst, Nana", antwortete Frank und hob dabei die linke Augenbraue.

Nana nickte. „Ja, ich bin dir auch sehr dankbar dafür, aber …"

Er hob den Zeigefinger an den Mund und gab ihr zu verstehen, dass nun er an der Reihe war. „Dann füll deine Position jetzt bitte auch verantwortungsvoll aus."

„Frank, jetzt sei kein Arsch."

Nach diesem Satz lauschte Nana einen Moment lang fasziniert der Stille, die sich in Franks Büro breitmachte. Sie waren wohl beide gleichermaßen erstaunt über diesen Satz. Binnen Sekunden wurde ihr klar, dass es nun kein Zurück mehr gab. „Entschuldige die Wortwahl, das war nicht okay", presste sie hervor. Dann räusperte sie sich und sagte in einem ruhigen Tonfall: „Ich kündige."

„Du … was? Moment mal, Nana. So geht das nicht. Was ist denn mit dir los? Also erst mal …"

Doch nun war es Nana, die Frank mit einem Kopfschütteln zu verstehen gab, dass sie an der Reihe war. „Ich kündige, Frank. Hätte ich schon längst tun sollen. Danke für alles." Sie erhob sich, schloss Franks Bürotür leise von außen und blieb für einige Sekunden mit dem Rücken zur verschlossenen Tür stehen. Dann gab sie sich einen Ruck, packte die privaten Habseligkeiten von ihrem Platz zusammen und ging zum Aufzug. Auf die Nachrufe ihrer Kolleginnen und Kollegen reagierte sie nicht.

Ihre Beine wurden steif, sie stand vom Bürgersteig auf. Erst die Sache mit Phillip und Alina, jetzt der Job. Ganz schön viele Abschiede in verdammt kurzer Zeit. Nana seufzte. Erstmal einen Kaffee, dachte sie und ging in Richtung ihres Lieblingsbäckers. Eine gute Tasse Kaffee war flüssiger Trost.

TÜRKIS

Nachdem sie den Umriss auf den kleinen Stein gezeichnet hatte, malte Nana die Füße immer zuerst. Dann ging sie von hinten nach vorne vor: Erst die Schwanzfedern, dann der Rumpf, schließlich die Flügel und zuletzt der Kopf. Mit den Augen erwachte der Vogel zum Leben. Je komplizierter das Bild war, desto besser. Sie musste sich dann sehr konzentrieren, setzte Pünktchen für Pünktchen, malte kleine Flächen sorgsam aus und hielt immer wieder inne, um mit etwas Abstand das werdende Bild zu betrachten. Die Flügel des Eichelhähers, bei denen sie nun angekommen war, erforderten eine besonders ruhige Hand. Seine hellblau und schwarz gebänderten Flügeldecken erinnerten sie an die Kacheln im Becken eines Freibades. Bei diesem Eichelhäher würde sie jedoch ein bisschen mogeln. Statt Blau wollte sie Türkis verwenden. Sie liebte den Farbton, weil er besonders leuchtete und interessanterweise erschien das Wort vor ihren inneren Augen in demselben Farbton, den es beschrieb. Die Form des Wortes war außerdem wunderschön geschwungen, eine sanfte Welle mit einem Hauch Glitzer an der höchsten

Stelle. So sah in ihrer Welt das Wort Türkis aus. Sie hatte länger gebraucht, um zu verstehen, dass nicht alle Menschen Worte als Bilder sahen.

Nana mischte gerade das Türkis zusammen, als ihre eingestellte Erinnerung im Handy klingelte. 16 Uhr. Genervt schloss sie die Augen. Sie wollte jetzt nicht unter Menschen gehen. Nana wollte Türkis. Sie seufzte. Aber sie brauchte ein neues Zuhause. Ihre Wohnung war für eine Person zu groß, erst recht, seit sie ihren Job los war. Schöne Scheiße. Widerwillig stellte sie den Pinsel in das Wasserglas, drehte Deckel auf die Farbtöpfchen, zog ihre Sandalen an, die sie unter dem Schreibtisch abgestreift hatte, und verließ ihre vier Wände.

Nana hatte die Anzeige im Netz gefunden. Die Wohnung lag nicht weit entfernt, sie konnte zu Fuß dorthin gehen. Der Mieter, mit dem sie kurze Nachrichten ausgetauscht hatte, klang freundlich. Er hieß Lutz, wollte in zwei Monaten ausziehen und suchte einen Nachmieter. Für weitere acht Wochen in der alten Wohnung bleiben zu müssen, erschien ihr schrecklich lang, alles erinnerte an das Wir. Aber, wie hätte Elsa so schön gesagt: *Nützt ja nix*. Dabei hätte sie kurz mit den Schultern gezuckt und damit das Thema ad acta gelegt. Nana lächelte. Sie dachte in diesen Tagen häufig an Elsa und ihre Weisheiten. Sie hatte ihr noch nichts von der Trennung erzählt. Sie wollte nicht, dass Elsa sich Sorgen um sie machte. Nana blickte auf die Hausnummern. Sie war zu weit gegangen. Das passierte ihr oft, denn sie konnte sich wunderbar in Gedanken verlieren. Sie lief ein Stück zurück und blickte an der Fassade hoch. Beige, braun, hier und da blätterte Farbe ab. Nana schaute die Straße zu beiden Seiten hinunter. In einer Richtung befand sich der Nordpark, gar nicht weit entfernt der Siegfriedplatz. Gegenüber im Haus gab es einen Kiosk. Es war ein gutes Viertel. Es war das einzige, in dem sie wohnen wollte.

Nana atmete tief durch und klingelte. Der Summer brummte, ohne dass jemand etwas durch die Gegensprechanlage gesagt hätte. Sie betrat den Hausflur, er war angenehm kühl. Vielleicht würde sie einfach den Rest des Sommers hier auf diesen Stufen sitzen, Steine bemalen und sich gelegentlich Weingummi und Wasser im Kiosk besorgen. Sie stieg die Treppe hinauf, denn sie musste in den dritten Stock, so hatte es in der Anzeige gestanden: 3-Zimmer-Wohnung, Einbauküche, 3.OG., 700 Euro kalt.

In der Tür stand Lutz, zumindest ging Nana davon aus, dass es Lutz war. Er trug trotz der Hitze schwarze Lederschuhe, eine schwarze Anzughose und ein weißes Hemd, dessen Ärmel hochgekrempelt waren. Das Wort Schwarz mochte sie nicht so sehr. Es erschien ihr dreckig rot und in einem schnöden Rechteck. Weiß hingegen war ein richtig schönes Wort. Es strahlte in Gelb und ein blauer Schweif zog sich hindurch.

Der Mann hob zur Begrüßung die Hand, während sie die letzten Stufen erklomm. „Lutz", sagte er, und seine Stimme klang angenehm ruhig.

„Nana", gab sie zurück, setzte ein „Hallo" hinterher und versuchte dabei zu lächeln.

„Komm rein und schau dich gerne um." Lutz vollführte eine einladende Geste. Sie hatten sich bereits in den Nachrichten, die sie geschrieben hatten, geduzt.

Sie folgte ihm durch den Flur. Seine Schuhsohlen klackerten auf den Fliesen, und Nana fragte sich, was die Mieter unter ihm davon hielten, dass er diese Schuhe trug. Sie verliebte sich sofort in diese Wohnung. Die Wände waren allesamt weiß gestrichen. Im Flur und in der Küche, in die sie beim Vorbeigehen einen ersten Blick erhaschte, waren dunkle Fliesen verlegt, im Wohnzimmer Parkett. Sie fühlte sich wohl in dieser Schlichtheit. Und obwohl durch die großen Fenster die Sonne hereinschien, war es in den Räumen erträglich warm.

„Wow“, entfuhr es ihr, als sie sich schließlich im Wohnzimmer gegenüberstanden. „Schöne Wohnung. Und ein grandioses Licht. Das wäre ein perfekter Raum für ein Atelier.“

Lutz blickte auf die Sonnenstrahlen, die auf das Parkett fielen, als sähe er sie zum ersten Mal. „Mag sein. Bist du Künstlerin?“

„Ich weiß nicht“, sagte sie und wusste, dass die Antwort seltsam klang. „Ich schaue mir mal die anderen Räume an, ja?“, schob sie schnell hinterher.

„Ja, bitte. Guck dir alles in Ruhe an. Wenn du fertig bist oder Fragen hast, findest du mich hier.“ Lutz setzte sich an den Schreibtisch, schob seine Brille auf den Kopf und vertiefte sich sogleich in Unterlagen.

„Du hast ja schon fast alles geschafft“, sagte Nana laut, als sie ins Schlafzimmer blickte. Dort stand nur noch ein Bett, neben dem sich ein wackliger Turm aus Büchern emporhob. An der Wand stapelten sich bereits gepackte Kartons, aus denen hier und da noch ein Kleidungsstück herauslugte. Sie ging ins Badezimmer, das ausschließlich vom Schlafzimmer aus zugänglich war. Es war klein, jedoch mit einem Fenster ausgestattet, was Nana als einen großen Pluspunkt empfand.

„Geschafft?“, kam es aus dem Wohnzimmer irritiert zurück.

„Mit dem Packen. Du bist schon fast fertig. Dabei hast du noch zwei Monate Zeit. Respekt.“ Nana schlenderte weiter durch die Wohnung, die bei genauer Betrachtung sehr kahl, fast traurig wirkte, weil kein einziges Bild an den Wänden hing und nichts Persönliches mehr zu entdecken war. Die Einbauküche hatte offensichtlich schon einige Jahre auf dem

Buckel, würde aber ihre Dienste leisten. Nana war ohnehin keine große Köchin.

„Nimmst du den Kühlschrank mit?", fragte sie Lutz, als sie das Wohnzimmer wieder betrat.

„Hm?" Er machte sich noch eine letzte Notiz, legte den Stift dann zur Seite und schaute sich suchend um. „Wo habe ich denn jetzt schon wieder meine Brille …"

„Auf dem Kopf", half Nana und schmunzelte. So erging es ihr auch häufig. Wahrscheinlich empfand sie deshalb Zerstreutheit bei Menschen als vertrauenserweckend sympathisch.

„Oh, natürlich. Danke." Peinlich berührt setzte er die Brille auf und schaute Nana fragend an.

„Der Kühlschrank", wiederholte sie. „Gehört er zur Küche oder ist er dein Eigentum?"

Er antwortete nicht sofort, sondern musterte sie stattdessen eindringlich. Sein Blick blieb lange an ihrem Tuch haften, das Nana sich um den Pagenkopf gebunden hatte. Sie ertastete mit ihren Händen, ob es noch so saß, wie es sollte.

Lutz schüttelte sich kurz. „Entschuldigung. Ich war noch in Gedanken bei meiner Arbeit." Er drehte die Papiere auf seinem Schreibtisch um und räusperte sich. „Der Kühlschrank gehört zur Küche. Darf ich dir etwas zu trinken anbieten? Ein Wasser vielleicht? Cola habe ich auch noch da."

„Ein Wasser wäre nett."

Er verschwand in der Küche, und Nana ließ ihren Blick durch das Wohnzimmer streifen. Schreibtisch aus dunklem Holz, altes graues Sofa, kleiner Glastisch. Neben dem Sofa befand sich ein Terrarium auf dem Boden. Vom Bewohner keine Spur. Das Holzhäuschen, die Kletterangebote und die Knabberstange ließen auf einen Nager schließen. Dort also, in der hintersten Ecke des Wohnzimmers, hatte sie doch etwas

Persönliches entdeckt. Sie erschrak ein wenig, als plötzlich eine Hand mit einem vollen Wasserglas in ihrem Blickfeld auftauchte. Im Wasser schwammen Eiswürfel. Nana hasste Eiswürfel. Das Eis schmerzte an ihren Zähnen. Doch wenn sie ehrlich war, lag ihre Abneigung vor allem am Benidorm-Urlaub, den ersten Flugurlaub in den Süden, den sie als Kind mit ihren Eltern unternommen hatte.

1996

Nanas Lippen schmeckten nach Salz, und ihre Füße in den pinkfarbenen Flip-Flops waren sandig. Zwischen dem kleinen und dem vierten Zeh hatte sich besonders viel Sand angesammelt. Die winzigen Körner funkelten in der Sonne, als seien sie kostbar. Nanas Hände spielten mit den kleinen bunten Perlen, die an den Enden der Fransen ihres neuen Shirts hingen. Das hatte ihr Papa für sie am Tag zuvor auf einem Markt gekauft. Nana wusste schon jetzt, dass es sehr lange ihr Lieblingshirt bleiben würde.

Sie schaute auf das Meer, das ihr türkis entgegenleuchtete. Ihr metallener Stuhl wackelte, und die Armlehnen waren von der Sonne ganz schön heiß geworden. Der Kellner kam, nannte sie Señorita, das klang lila, schön und irgendwie wichtig. Sie bestellte eine Fanta. Papa wählte einen Espresso und Mama einen Eiskaffee. Sie freute sich darauf, gleich am Strand Muscheln sammeln zu gehen. Ihre Mutter hatte versprochen, mitzumachen, und sie fand immer die schönsten Muscheln. Zuhause wollte Nana damit einen Holzkasten bekleben und ihn Mama als Überraschung zum Geburtstag schenken.

Als der Kellner die Fanta auf den Tisch stellte, winkte ihr Papa hektisch mit dem Zeigefinger. „No, no! Fanta sin hielo", stammelte er. Der Kellner nickte und nahm das Glas wieder mit. „Bestell dir niemals ein Getränk mit Eiswürfeln im Ausland, Nana. Die sind aus Leitungswasser gemacht und voller Chlor und Bakterien. Davon kriegst du Bauchschmerzen. Oder Durchfall. Oder Schlimmeres! Und dann musst du den Rest des Urlaubes auf dem Hotelzimmer verbringen." Er nickte dabei immer wieder, wichtige Worte unterstreichend.

Mama lachte nur und sagte: „Entspann dich, Christoph."

Das sagte sie häufig zu ihm: „Entspann dich."

Natürlich war Nana aus dieser Geschichte herausgewachsen und konnte selbst entscheiden, ob sie den Eiswürfeln vertrauen wollte. Und obwohl ihre Mutter damals über die Vorsicht ihres Vaters gelächelt hatte, gehörte diese Lektion zu jenen Episoden aus der Kindheit, von denen ein Rest auf immer in ihr verbleiben würde. Dieses Überbleibsel, so stellte sich Nana vor, hauste zusammen mit einigen weiteren in ihrem Bauch, wahrscheinlich in der Leber. Sie trugen allesamt lustige Mützen mit kleinen Glöckchen an den Enden, die ordentlich Krach machten und sich diebisch freuten, wenn sie gehört wurden. Nana war sich sicher, dass jeder Erwachsene solch kleinen, schelmischen Überbleibsel in sich trug und sie zu jener Person machten, die sie nun einmal waren.

„Danke", sagte Nana und stellte das Glas auf dem Wohnzimmertisch ab, ohne einen Schluck davon zu nehmen. „Mir gefällt die Wohnung, und ich könnte mir sehr gut vorstellen, hier einzuziehen. Ich habe meine Schufa-Auskunft und meine letzten drei Gehaltsabrechnungen mitgebracht." Nana reichte ihm die Papiere. Dass sie vor einigen Tagen ihren Chef als Arsch bezeichnet und gekündigt hatte, verschwieg sie geflissentlich.

„Brauchst du sonst noch etwas?“

Lutz nahm die Blätter in seine Hand und schaute sie durch. „Du arbeitest als Grafikdesignerin?“

„Ja.“ Als Nana sah, dass er den Mund erneut öffnete, fragte sie schnell: „Dürfte ich mal deine Toilette benutzen?“ Sie wollte sich nicht über ihre verhasste Arbeit oder strenggenommen Nicht-Arbeit unterhalten.

Er nickte. „Natürlich, du weißt ja, wo sie ist.“ Sie schloss die Tür hinter sich und setzte sich auf den Badewannenrand. Nana nutzte fremde Toiletten nur im äußersten Notfall. „Nana, die Heimscheißerin“, hatte Phillip sie mit ihrem Spleen lächelnd aufgezogen.

Phillip, der Außerhausvögler.

Sie fragte sich, ob sie wegen Phillip und Alina irgendwann heulen würde. Nana hatte schon häufig in schlaflosen Nächten darüber gegrübelt, welcher Betrug sie mehr traf. Seiner oder ihrer. Sie wusste es nicht, und es war müßig, darüber nachzudenken. Nana hatte beide verloren. Sie schüttelte den Kopf. Nein, nein, nein, dachte sie trotzig. Ihr habt mich verloren!

Etwas Warmes lief an ihrem Daumen herunter. Schnell riss sie ein Blatt Toilettenpapier von der Rolle und drückte es auf die blutende Stelle neben ihrem Daumennagel. Sie hatte wieder an der Haut geknibbelt, ohne es wirklich zu merken. Auf dem weißen Papier bildete sich ein kleiner roter Punkt. Nana nahm das Blatt kurz hoch, damit es nicht festklebte, und drückte es wieder auf den Finger. Tja.

Und jetzt hatte sie auch keinen Job und keine bezahlbare Wohnung mehr. Aber, nein, die Tränen wollten einfach nicht kommen. Die Hälfte des Tages bemalte sie Steine, und die andere Hälfte lag sie auf dem Bett. Sie ging nicht ans Telefon, und wenn jemand klingelte, öffnete sie die Tür nicht. Nana atmete so vor sich hin.

Sie blickte aus dem Fenster. Ihr Anker, an dem sie sich festhielt, war die große Reise. In einer guten Woche wollte – nein, musste sie! – ihren Urlaub antreten. Die große Fahrt, die sie eigentlich mit Phillip hatte machen wollen und die sie ein halbes Jahr lang geplant hatte. Das langersehnte Wiedersehen mit Elsa! Wenigstens in diesem Fall hatte sie Glück gehabt. Allein hätte sie unmöglich fahren können. Nana reiste seit ihrem 18. Lebensjahr nicht mehr ohne Begleitung. Himmel, was hatte sie sich damals erwachsen gefühlt! Endlich Abi, endlich volljährig, nix wie weg. Ganz alleine mit dem Zug quer durch Europa. In ihrem ganzen Körper hatte es vor Aufregung gekribbelt. In der zweiten Woche kam der Anruf und mit ihm die schlimmste Nachricht ihres Lebens. Dieser Moment hatte sich eingebrannt: Unter Nanas Füßen der warme Sand, vor ihren Augen ein Sonnenuntergang an der Atlantikküste, in ihrem Ohr Elsas Worte, die keinen Sinn ergaben. Und dann stand sie da. Ganz allein. Seitdem ging das nicht mehr mit dem Alleinsein in der Fremde. Aber sie hatte ja Glück und Anke, ihre Freundin aus Kindertagen. Nana hatte ihr am Telefon erzählt, wie ihr Leben gerade auseinanderfiel. Nicht heulend, nicht schreiend, sie hatte es leise erzählt, denn für alles andere hatte ihr die Energie gefehlt. „Was für eine Riesenscheiße“, hatte Anke entgegnet und hinterhergeschoben: „Dann komme ich eben mit.“ Anke arbeitete als Life-Coach, wenn sie Lust dazu hatte. Ihr Mann und sie lebten in Hamburg, waren steinreich und als Paar auch nach Jahren immer noch glücklich. Es gab diese Menschen, bei denen es einfach immer gut lief. Anke gehörte dazu. Wer weiß, vielleicht würde ja ein wenig von Ankes Frohsinn und Glück auf der Fahrt auf sie abfärben.

Nanas Blick schweifte durch das Badezimmer. Lutz hatte ein Faible für Duschgels mit frischem Ozeanduft und rasierte sich nass. Er putzte sich elektrisch die Zähne mit einer

Zahnpasta, die Extra-Frische versprach. Das Haargel hatte er offenbar länger nicht in die Hand genommen, die Tube war staubig. Auf einem Schränkchen, das neben der Toilette stand, lagen Zeitschriften und einige Papiere. Nana fand es unhygienisch, Zeitschriften oder das Handy mit aufs Klo zu nehmen. „Wieso?“, hatte Phillip sie gefragt. „Ich wische mir mit dem *Kicker* doch nicht den Hintern ab.“ Sie warf einen Blick auf die Papiere, die auf der *WirtschaftsWoche* lagen. Das war unhöflich, eine Grenzüberschreitung, doch ihre Neugierde besiegte ihren Anstand. Es waren drei Blätter. Jedes trug als Überschrift einen Namen. Detlef, Anna, Jörg. Auf letzterem war der Abdruck einer Kaffeetasse. Annas Blatt sah aus, als wäre das Papier einmal zerknüllt und wieder glattgestrichen worden. Detlefs kam ohne nennenswerte Kleckse und Verletzungen davon. Sie überflog das Geschriebene. Alter, Größe, ungefähres Gewicht war bei allen festgehalten. Äußerlichkeiten wie Haarfarbe und Augenfarbe.

Bilderbuch-Ostwestfale, war bei Detlef notiert, *wortkarg, ein bisschen stoffelig, Single, Sonnenbrille oben in Shirt eingehängt, fährt sich häufig durch die Haare, geht ‚nachm‘ Siegfriedplatz, nicht ‚zum‘. Leichter Bierbauch, kurze Socken in neuen Sportschuhen, kurze braune Hose mit Taschen an den Seiten, dazu grünes Shirt.* Anna war Studentin, las Nana, Soziologie und Anglistik, 3. Semester. *Leichtes Sommerkleid mit großen Blumenmotiven, dazu rote Schnürsandaletten mit Absatz. Süßes Parfüm, verursacht Kopfschmerzen.*

Das Klopfen an der Tür ließ Nana zusammenzucken. „Ist alles in Ordnung bei dir?“, hörte sie Lutz’ freundliche Stimme.

Hastig legte sie die Blätter zurück und stellte den Wasserhahn an. „Ja, alles okay, sorry, hat etwas länger gedauert." Peinlich berührt kniff sie ihre Augen zusammen. Hat etwas länger gedauert? Das klang wie: *War halt ein Riesenschiss, den ich in deine Schüssel abgeseilt hab.*

Sie trocknete die Hände ab und verließ das Badezimmer. Lutz war mittlerweile ins Wohnzimmer zurückgekehrt. Ihr Glas, das noch immer auf dem Tisch stand, trank sie in einem Zug leer.

„Du hast bestimmt viele Bewerber für die Wohnung." Nana versuchte, einen neutralen Gesichtsausdruck zu bewahren, obwohl ihr das kalte Wasser Schmerzen hinter der Stirn verursachte.

„Ein paar sind es schon", bestätigte er.

„Wann in etwa darf ich denn mit einer Nachricht rechnen, für wen du dich entscheidest?"

„Musst du schnell aus deiner Wohnung raus?" Sie zögerte kurz. „Spätestens in drei Monaten. Aber ich würde gerne so bald wie möglich umziehen."

„Wieso? Hast du ein Schimmelproblem?"

„Höchstens im Kühlschrank."

Er lächelte.

„Ich muss jetzt los, ich habe noch einen dringenden Termin", log Nana. Sie hatte keine Lust, weitere Fragen zu beantworten, sondern sehnte sich nach Stille und Türkis. „Ich würde mich freuen, wenn du mich baldmöglichst wissen lässt, ob es mit der Wohnung etwas werden könnte."

„Das mache ich." Lutz begleitete sie zur Tür

.„Danke für deine Zeit." Sie hob die Hand zum Abschied, er winkte zurück und schloss die Tür. Sie fiel leise ins Schloss. Phillip ließ Türen immer knallen, und jedes Mal zuckte Nana zusammen, weil das Geräusch in ihren Ohren schmerzte. Mit ihrer Hand glitt sie beim Heruntergehen am rauen Putz des

Treppenhauses entlang. Ihre Fingernägel waren aus alter Gewohnheit kurz geschnitten, obwohl das schon seit einiger Zeit nicht mehr wichtig war. Phillip hatte das mehr als einmal kritisiert. „Nana, deine Fingernägel sehen aus wie die von einem Kerl, der auf dem Bau arbeitet." Als ob Phillip was von echter Arbeit wüsste. Und die Tatsache, dass ihm die Optik ihrer Fingernägel wichtiger war als … *ach, lass es, Nana,* schalt sie sich innerlich. *Lass es los*. Sie schüttelte den Kopf, versuchte, die Gedanken an Phillip abzuschütteln.

Zurück im Freien blickte sie zunächst stur auf den Boden und blinzelte mehrfach, damit sich ihre Augen möglichst schmerzfrei an die Helligkeit gewöhnen konnten. Lutz war ihr ein wenig seltsam erschienen. Und die Papiere, die sie im Bad gefunden hatte, höchstseltsam. Aber im Prinzip konnte ihr das alles egal sein. Sie wollte seine Nachmieterin werden, und nicht ihn heiraten. Nana hoffte, dass sie einen guten Eindruck hinterlassen hatte. Sie brauchte die Wohnung. Ohne neue Gehaltsabrechnungen würde es fast unmöglich werden, eine neue Bleibe zu finden. Die Vermieter konnten sich vor Nachfragen kaum retten und sich deshalb die Rosinen herauspicken.

Nana erblickte den Kiosk und überquerte spontan die Straße. Eine gemischte Tüte Weingummi und eine Flasche Wasser würden ihr den Nachhauseweg versüßen, würden in ihrem Bauch eine riesige, klebrige Masse ergeben. Sie würde sich voll fühlen und ihr Magen leise gluckern. Wenn Weingummi und Wasser all den Raum in ihrem Inneren einnahmen, war kein Platz mehr übrig für Phillip und Alina oder die Sorge, dass sie nicht rechtzeitig eine bezahlbare Wohnung finden würde. Sie konnte sich so lange mit ihrem Gluckerbauch beschäftigen, bis sie wieder an ihrem Schreibtisch bei den Steinen saß.

„Yasemins Kiosk“ stand in weißen halbkreisförmig angeordneten Buchstaben auf dem Schaufenster des kleinen Geschäfts geschrieben und als Nana es betrat, wurde sie sogleich von einer jungen, sympathisch wirkenden Frau hinter dem Tresen begrüßt.

„Guten Abend! Ja, ja, ja, du kleine süße Maus, du kriegst ja deine Hirsestange!“

Als sie Nanas Blick sah, brach die Kioskbesitzerin in lautes Gelächter aus. „Sorry, ich meinte nicht Sie. Und keine Sorge, Sie müssen keine Hirsestange essen. Die schmeckt nach Pappe. Echt eklig.“

Nun musste Nana auch lachen.

Die Frau bückte sich und hob ein kleines Kind hinter dem Tresen hoch. „Das ist Ela. Sie hat bis gerade geschlafen und hält Hirsestangen für eine der leckersten Dinge der Welt. Kleine Kinder sind ja so unwissend.“ Die Kioskbesitzerin zauberte eine der Pappstangen aus einer Schublade und reichte sie ihrer Tochter. „Womit kann ich Sie glücklich machen? Zeitschrift? Zigaretten? Eis?“

„Weingummi“, entgegnete Nana.

„Da hab ich so viel von, dass ich es verkaufen muss. Vorne sind die Kästchen, daneben liegen Tüten. Tun Sie mir einen Gefallen und stellen sich die selbst zusammen? Meine Kleine braucht gerade eine Kuscheleinheit. Sie rufen mir einfach zu, wie viel Sie von was nehmen, und ich tippe es hier ein, ja? Dafür reicht eine Hand.“ Ihre kleine Tochter schlang die Arme um sie und vergrub den Kopf in ihrem Hals.

Nana nickte lächelnd und nahm eine Papiertüte. „Vier Frösche. Drei Kirschen“, fing sie an aufzuzählen und sichtete die weiteren Angebote. „Zwei Mäuse. Drei Colaflaschen. Vier Schlümpfe. Eine Lakritzschnecke. Und … zwei von diesen roten langen Dingern.“

„Pasta heißen die. Sind sauer.“

„Na, das passt doch."

„Hm?"

„Ach nichts. Das war's, vielen Dank." Nana legte die Tüte auf den Tresen. „Dann hätte ich gerne noch eine Flasche Wasser, aber keine kalte, wenn's geht."

„Geht." Die Kioskbesitzerin deutete auf eine Kiste rechts von ihr und tippte in die Kasse, während das Kind auf ihrem Arm mittlerweile fröhlich brabbelte.

„Wie alt ist denn Ihr Nachwuchs?"

Die junge Mutter strich sich mit einer Hand eine lockige Haarsträhne hinter das Ohr. „Ela ist zehn Monate alt." Liebevoll gab sie ihrer Tochter einen Kuss auf die Wange. „Das macht 2,80 Euro, bitte."

Nana reichte ihr drei Euro. „Stimmt so, danke. Vielleicht komme ich demnächst häufiger vorbei. Ich hatte gerade eine Wohnungsbesichtigung und hoffe sehr, dass ich hier bald einziehen darf."

„Na, dann drücke ich Ihnen mal die Daumen. Wo wird denn was frei?"

„Direkt gegenüber. Der jetzige Mieter heißt Lutz."

„Lutz?", entgegnete die Kioskbesitzerin erstaunt. „Wieso zieht der denn aus? Der ist doch erst vor drei Monaten eingezogen! Er trinkt jeden Morgen seinen Kaffee hier. Guter Typ. Hat wegen dem Auszug gar nichts zu mir gesagt." Sie setzte ihre kleine Tochter auf dem Tresen ab. „Gut, er ist jetzt auch nicht so der große Redner. Aber wer ist das hier in Ostwestfalen schon? Allerdings meinte er erst vor kurzem zu mir, dass er froh ist, hier zu wohnen und langsam das Gefühl hätte, es ginge wieder bergauf."

„Bergauf?"

„Ja, mit seinem Schreiben. Sein letztes Buch hat er vor einigen Jahren rausgebracht und seitdem läufts irgendwie nicht mehr. Aber er erzählte letzte Woche, dass ihm unter der

Dusche ne super Idee gekommen wäre. Halt, hiergeblieben. Nicht wegkrabbeln." Sie nahm ihre Tochter wieder hoch. Nana wurde heiß und kalt. Sie öffnete ihre Wasserflasche, nahm einen großen Schluck und stopfte die Frösche in ihren Mund. „Seltsam." In ihrem Kopf ratterte es. Die Kartons, die sie in Lutz' Wohnung gesehen hatte … sie waren nicht schon gepackt worden. Wahrscheinlich waren sie noch nicht ausgepackt worden!

„Aber vielleicht hat sich seine tolle Idee ja auch als großer Mist herausgestellt oder es ist sonstwas passiert", spekulierte die junge Mutter.

Nana zuckte mit den Schultern. „Ja, wer weiß." Verwirrt schnappte sie sich die Einkäufe und verabschiedete sich. „Viel Glück", rief ihr Yasemin noch hinterher, bevor die Kiosktür zufiel.

Erst vor dem Geschäft spürte sie, wie angestrengt sie atmete und wie heiß ihre Wangen waren. Suchte Lutz nun eine Nachmieterin oder nicht? Hatte er sie angelogen oder der Kioskbesitzerin Quatsch erzählt? Nana starrte auf das Haus gegenüber. Da oben in der dritten Etage saß er wahrscheinlich gerade an seinem Schreibtisch. Ihr schossen die Notizen, die sie im Badezimmer gefunden hatte, in den Kopf. Irgendetwas stimmte nicht mit diesem Typen.

Sie drückte die Tüte in ihrer linken Hand fest zu, klemmte die Flasche unter den Arm und überquerte die Straße. Nana wollte ihn zur Rede stellen. Sie würde nicht zulassen, dass sie schon wieder jemand betrog. Sollte Lutz sie wirklich angelogen haben, konnte er sich warm anziehen! Gerade als sie ihren Finger zur Klingel führte, vibrierte ihr Handy. „Anke! Du, es ist gerade schlecht. Kann ich dich gleich …"

Ihre Freundin unterbrach sie hörbar aufgewühlt. „Nana, ich bin in der Notaufnahme. Du wirst nicht glauben, was passiert ist."

BLAUGRAU

Das Auge war ihr gut gelungen. Der Eichelhäher wirkte, als ob er gleich losfliegen wollte. Es war eine Dame, beschloss Nana. Bei den Eichelhähern konnte man das Geschlecht nicht über die Optik bestimmen, Männchen und Weibchen sahen identisch aus. *Flieg, du bist frei,* schoss es ihr durch den Kopf, als es an ihrer Tür klingelte. Sie öffnete nicht.

Ankes Mann war auch geflogen – über den Lenker seines Rennrades. Die gute Nachricht war, dass er keine Kopfverletzungen davongetragen hatte, weil er einen Helm getragen und sich beim Sturz mit seinen Händen abgefangen hatte. Die schlechte Nachricht war, dass er sich dabei beide Arme gebrochen hatte. Anke konnte ihren Mann in den nächsten Wochen unmöglich allein lassen.

Und Nana konnte unmöglich allein reisen.

Ihr Handy klingelte. Sie ging nicht ran, malte stattdessen weiter. Das Malen hielt sie zusammen, sorgte dafür, dass sie nicht in tausend kleine Stücke zerfiel. Die Pinselstriche mussten langsam und sorgfältig ausgeführt werden, sie versuchte, sich nur darauf zu konzentrieren.

Es poppte eine Nachricht von Phillip auf: *Nana, bitte sprich mit mir. Ich stehe vor der Wohnung.*

Sie schaltete ihr Handy auf Flugmodus und wählte einen neuen Stein. Sorgfältig wusch sie ihn mit Seife und warmem Wasser. Das war nicht notwendig, denn sie hatte alle Steine bereits gereinigt. Doch es beruhigte sie, also machte sie es. Nana durfte die Trauer, Wut und Hilflosigkeit in ihrem Inneren nicht übermächtig werden lassen. Sie hatte Angst, dass das Loch, in das sie dann fallen würde, zu tief wäre und sie nie wieder herausgekrabbelt käme.

Die Steine, die sie bei ihrem letzten Ostseeurlaub gesammelt hatte, waren flach und glatt, sie hielt sie gern in ihren Händen und mochte die graue Farbe, die so angenehm unaufdringlich daherkam. Nana trocknete den Stein mit einem sauberen Handtuch ab und legte ihn auf das Fensterbrett zum Durchtrocknen.

Sie musste eine Lösung finden. Sie konnte nicht auch noch die Reise absagen, es war ihr einziger Lichtblick. Die Fahrt musste wie geplant stattfinden, wenn doch sonst schon alles um sie herum zerfiel. Im Kopf ging sie ihren Freundeskreis durch: Verheiratet, kleines Kind, pleite, reiste nie, gerade erst Kredit fürs Haus aufgenommen … Nana fiel nicht ein einziger Name als Ersatz für Anke ein. Wer konnte oder wollte schon spontan für drei Wochen alles stehen und liegen lassen und mit ihr nach Großbritannien reisen?

Für eine Weile starrte sie aus dem Fenster und knibbelte an ihrem Daumen, bis sie ein kleines Pflaster aus dem Badezimmerschrank holen musste.

Sie schaltete das Handy wieder auf Empfang.

Ich habe dir eine Nachricht im Briefkasten hinterlassen. Weil du analoge Post lieber magst als digitale. Bitte, Nana, lass uns reden!

Barfuß ging sie die Treppe hinunter zum Briefkasten. Sie genoss die Kälte unter ihren Füßen. Die Abendsonne schien durch die Fenster und tauchte den Hausflur in ein Senfgelb. Nana bekam Hunger auf Heißwürstchen. Zurück in der Wohnung schüttete sie sich ein Glas Weißwein ein, setzte sich auf den kleinen Balkon und öffnete den Brief. Nachdem sie ihn zweimal gelesen hatte, faltete sie aus dem Papier ein Flugzeug. Sie ließ sich viel Zeit dabei und knickte das Blatt sorgfältig. Jede Kante zog sie mehrfach glatt. Schließlich ließ sie es vom Balkon gleiten. Es flog gut und landete auf der Straße. Irgendwann wurde es vom ersten Auto überfahren. Dann vom zweiten. Nach dem dritten holte sich Nana die Flasche Weißwein aus dem Kühlschrank und goss großzügig nach. Um sich von ihrer Wut über den Brief abzulenken, griff sie zu ihrem E-Book-Reader. Sie hatte nach der Wohnungsbesichtigung recherchiert. Lutz hatte in der Tat vor Jahren ein Buch herausgebracht und sie war neugierig. Stunden später blickte Nana von ihrem Reader hoch. Sie fröstelte. Die Nacht lag auf der Kippe zum Tag.

Sie rappelte sich auf, ihre Glieder waren steif vom langen Sitzen. So wie sie war, legte sie sich auf ihr Bett. Wer so schreiben konnte, dachte sie kurz vorm Einschlafen, konnte kein Vollarsch sein. Dieses Buch hatte Seele. Und es trug unzählige schöne Farben in sich. Ihr schoss eine Idee durch den Kopf, die sie von einer Sekunde auf die nächste wieder hellwach werden ließ. Nana setzte sich auf. Jetzt hoffte sie sogar, dass Lutz sie angelogen hatte. Denn dann könnte er ihre Lösung sein. Dann wusste sie, was sie ihm sagen wollte. Und zwar gleich am nächsten Tag.

BRAUNWEISS

Sie stellte ihr Fahrrad am Kiosk ab, kaufte vorab als Belohnung für ihren verrückten Plan eine riesige gemischte Tüte, verstaute sie in der Tasche, riss sich zusammen, auch wenn ihre Hände zitterten, und drückte auf die Klingel. Verrückte Zeiten erfordern verrückte Pläne, sprach sie sich selbst Mut zu. „Hallo?“, tönte es dieses Mal fragend durch die Gegensprechanlage.

„Hallo, hier ist die Nana von gestern.“ *Nana von gestern* trifft es verdammt gut, dachte sie. Schließlich verarscht mich anscheinend ständig alle Welt. „Ich ... ich habe etwas Wichtiges vergessen. Dürfte ich noch einmal kurz hochkommen?“ Sie bildete sich ein, sein Zögern durch die Gegensprechanlage zu hören, doch schließlich ertönte der Türsummer. Nana atmete erleichtert auf und erklomm mit festen Schritten die Stufen. Aber das Herz rutschte ihr in die Hose, als sie Lutz im Türrahmen stehen sah. Doch sie würde nicht zurückweichen, sie würde das jetzt durchziehen. Entschlossen biss sie ihre Zähne zusammen.

Lutz wiederholte seine einladende Geste wie am Tag zuvor, und dieses Mal ging Nana vor. „Du suchst niemanden zur Nachmiete, stimmt's?" Sie drehte sich in der Mitte des Wohnzimmers zu ihm. Geh gleich in die Vollen, Nana, dachte sie, dann weißt du, woran du bist.

Er war im Türrahmen stehen geblieben. „Stimmt", sagte er nur. Nana atmete hörbar aus.

„Deine Anzeige war also eine riesige Verarsche." Lutz nickte. „Das ist dramatisch formuliert, aber im Kern korrekt."
Sein neutraler Gesichtsausdruck machte Nana langsam wütend. „Findest du nicht, dass an dieser Stelle eine Entschuldigung angebracht wäre?"

„Natürlich." Er fuhr sich durch die Haare. „Es tut mir leid." Nana sprach schnell weiter, bevor sie der Mut verließ. „Ich habe deine Notizen im Bad gefunden. Von Jörg und Anna und so. Sind das erfundene Figuren oder haben die sich auch auf die Wohnung beworben?"

Lutz zögerte kurz. „Die haben sich auch beworben. Es war dumm von mir, die Unterlagen offen herumliegen zu lassen." Nana schnappte nach Luft. „Nein, es war unverschämt von dir, diese Tour überhaupt abzuziehen! Warum machst du sowas?" Plötzlich wurde ihr heiß und kalt. „Nimmst du die Leute, die die Wohnung besichtigen, auch auf?" Die Idee war ihr erst jetzt gekommen. Hektisch scannten ihre Augen den Raum. Vielleicht war das alles nur die Spitze des Eisbergs gewesen. Vielleicht war Lutz ein totaler Psycho und sie hatte die Situation verkannt. Was sagte denn schon ein Buch über einen Menschen aus? Erst neulich hatte sie in einem Artikel gelesen, dass Psychopathen ungemein charismatisch wirken konnten. Nana schaute an die Decke, suchte ein Indiz, ein Kabel, eine Linse, dort im Regal, vielleicht oder … „Nein." Lutz sagte dieses eine Wort sehr bestimmt. Nana zuckte unwillkürlich zusammen. „So ist es nicht", fügte er leiser hinzu.

„Wie ist es denn?", fragte sie und fand, dass ihre Stimme schrecklich piepsig klang.

„Yasemin, die Kioskbesitzerin, hat mir heute Morgen erzählt, dass du da warst und sie dir gesagt hat, dass …" Er stockte, steckte seine Hände in die Hosentaschen und sah plötzlich viel jünger aus. „Ich … also … ja, die Anzeige war Fiktion. Aber ich bin kein Perverser, und ich habe auch keinen der Bewerber getötet, kleingehackt und in meinem Keller in Beton gegossen."

„Ach, es gehört ein Keller zur Wohnung? Den hast du mir gestern vorenthalten."

Er lächelte. „Ich bin Autor."

„Das weiß ich bereits. Das schließt aber nicht aus, dass du auch ein Psychopath sein kannst! Vielleicht schreibst du ja einen Thriller und willst hautnah recherchieren." Nun lächelte er. „Nein, es ist viel langweiliger. Ich suche Inspiration, mehr nicht. Aber das seit Jahren. Dann kam mir letztens diese Idee. Ich dachte, wenn die Leute in meine Wohnung kommen, wäre das ein guter Weg. Ein Anfang. Sie erzählen mir ihre Geschichten und ich kann sie dabei studieren." Lutz setzte sich an seinen Schreibtisch, nahm die Brille ab und rieb sich die Augen. „Ich hoffe auf ein 'Klick', verstehst du? Ich brauche endlich wieder dieses 'Klick'. Es ist existentiell."

„Aha. Du bist also ein existentialistischer Autor. Wird immer besser." Sie setzte sich an die äußere Kante des Sofas und blickte auf das Terrarium. „Wenn du Inspiration suchst, setz dich doch in ein Café und lausche den Gesprächen anderer. Oder tritt in einen Verein ein."

„Das wäre nicht dasselbe. Das hier ist intimer. Ich erfahre mehr über die Menschen, kann sie in Ruhe betrachten.

Außerdem fühle ich mich in großen Menschenmengen nicht wohl, und mit Vereinen kann ich nichts anfangen."

„Hast du schon was über mich geschrieben?"

Er drehte sich zum Schreibtisch und durchwühlte seine Papiere. Schließlich reichte er ihr einen Zettel. „Hier. Ich habe einen Freund, der ist Immobilienmakler. Er schuldete mir noch einen Gefallen. Jedem, der sich meine Wohnung angeschaut hat, habe ich im Anschluss eine Mail mit einer freundlichen Absage und einem alternativen, noch nicht veröffentlichtem Wohnungsangebot geschrieben. So haben die Bewerber sehr gute Erfolgschancen. Mit dir waren es nur fünf Leute, die bei mir waren. Und bisher hat's mir nichts gebracht. Kein Klick. Nichts. Nada." Er machte eine kurze Pause, bevor er weitersprach. „Ich bin kein Unmensch. Nur verzweifelt. Das", er wedelte mit dem Zettel, den sie ihm noch immer nicht abgenommen hatte, „ist dein Angebot. Die Wohnung liegt im selben Viertel."

Nana nahm das Papier entgegen und überflog die Anzeige. Sie klang in der Tat attraktiv. „Die Miete ist preiswerter als deine fiktiv angesetzte." Sie blickte hoch. „Damit hast du meine Frage aber nicht beantwortet."

„Nur ein paar Stichworte. Du hast kaum etwas von dir preisgegeben. Und nein, die zeige ich dir nicht." „Ich denke, ich habe ein Recht darauf, sie zu sehen." „Mag sein. Aber du hast mir heute neuen spannenden Stoff geliefert, den möchte ich zunächst ergänzen." Er schenkte ihr ein vorsichtiges Grinsen.

„Was lebt da drin?", wechselte sie unvermittelt das Thema, denn sie wollte ihm noch kein Lächeln schenken. Ein Lächeln bedeutete, Frieden zu schließen. So einfach würde sie es ihm nicht machen.

„Wer."

„Hm?"

„Es sollte heißen: Wer lebt da drin? Worte machen Welten. In meiner Welt sind Tiere keine Dinge", entgegnete Lutz. Sie hob ihren Kopf und blickte ihn an. Das hatte der Herr Autor schön gesagt. Ihre Augen trafen sich für einen Augenblick. Nana hätte seine Augenfarbe gerne gewusst, sie konnte sie aus der Distanz nicht erkennen.

„Churchill." Er unterbrach den Augenkontakt und erhob sich. Nana blickte ihn fragend an. „Mein Hamster Churchill lebt dort."

„Warum nennst du deinen Hamster Churchill?" „Weil es einfallsreicher klingt als Krümel oder Flecki." Nana fand seinen Tonfall verdammt hochnäsig. „Fellfarbe?" „Braun-weiß, warum?"

„Nur so. Hast du Familie oder Freunde?"

„Ich habe Churchill", antwortete er. „Dieser Dialog ist etwas seltsam, findest du nicht?"

„Gut seltsam oder schlecht seltsam? Möchtest du mitschreiben?", fragte Nana.

„Nein, ich glaube nicht. Er ist mir ein bisschen zu frostig." „In Schottland kann's um diese Jahreszeit auch noch recht frostig sein, also zieh dich lieber warm an."

„Hä?"

„Wie bitte", korrigierte sie ihn nun grinsend.

„Wie bitte?"

Nana strich sich mit den Händen über ihre Oberschenkel und stand auf. Jetzt oder nie. „Ich habe mich bei einem befreundeten Anwalt schlau gemacht. Ich könnte gegen dich Anzeige erstatten und hätte keine schlechten Chancen." Das war komplett gelogen und sie hoffte, dass sie ein gutes Pokergesicht hatte. Nana hatte am Morgen im Spiegel einen entschlossenen Blick geübt, war mit dem Ergebnis aber wenig zufrieden gewesen. „Aber ich behalte deinen fiesen Anzeigenbetrug für mich. Ich verrate auch Anna und Olaf und den anderen nichts von deiner Verarsche. Unter einer Bedingung: Du fährst mit mir nach Schottland. Drei Wochen lang." Jetzt hatte sie es gesagt. Und während sie es sagte, merkte sie, wie bescheuert es klang.

„Eben hast du mir noch unterstellt, ich sei ein Psychopath, und jetzt willst du zusammen mit mir einen Urlaub verbringen? Bist du noch ganz bei Trost?", fragte Lutz ungläubig. Nana stellte sich ans Fenster und blickte hinaus. Sie spürte, wie sie anfing zu schwitzen. Seine Frage war völlig berechtigt. Aber sie musste einfach diese Reise antreten! Sie schaute hinüber zum Kiosk. Die Betreiberin saß mit einer Frau, wahrscheinlich einer Freundin, auf der Bank vor ihrem Geschäft. Beide hielten ein Glas in den Händen und hatten eine Tafel Schokolade zwischen sich liegen. Yasemin lachte und warf dabei ihre Haare nach hinten. Sie war ausgesprochen hübsch. Nana formte mit ihren Händen einen Rahmen um die zwei Frauen und hielt dieses schöne Bild für einen Moment fest.

„Nein, wahrscheinlich nicht", entgegnete sie schließlich. „Aber wer ist das schon." Sie seufzte. „Mein Leben hat gerade so viele Baustellen wie Bielefeld. Lauter Sackgassen, kein Vorankommen, ständiges Chaos. Ich weiß gar nicht, wo ich anfangen soll. Da wäre Phillip …", sie stockte.

„Dein Mann?", fragte Lutz vorsichtig.

„Mein Ex-Freund. Deshalb brauche ich auch eine neue Wohnung. Die aktuelle ist zu groß."

„Ihr wohnt noch zusammen?"

Nana schüttelte den Kopf. „Nein. Er musste die Wohnung verlassen, um seine Sachen zu retten. Ich habe hinter ihm die Tür abgeschlossen und ihn seitdem nicht mehr reingelassen."
„Seine Sachen retten?"

„Ja. Die, die ich auf die Straße geschmissen hatte. Ich habe eine faire Mischung hinuntergeworfen. Von allem etwas.

Unterwäsche, Socken, Shirts, Hosen, sogar seine Bücher vom Nachttisch und die Zahnbürste aus dem Bad. Es sollte ihm an nichts mangeln." Sie hielt kurz inne. „Sein Notebook hat den Sturz wahrscheinlich nicht überlebt. Aber irgendwas ist ja immer im Leben."

„Filmreif."

„Ja. Na ja. Schon sehr viel Klischee, findest du nicht? Aber befreiend war's, das muss ich sagen." Sie lachte kurz auf, es klang in ihren Ohren einen Hauch zu hysterisch, drehte sich zu ihm um und lehnte sich an die Fensterbank. „Was ich eigentlich sagen wollte: Er hat mir gestern einen Brief geschrieben und sich entschuldigt. Dafür, dass er mit meiner besten Freundin Alina gevögelt hat."

„Ui", entfuhr es Lutz.

„Ja. Ui. Ich habe es durch eine Nachricht herausbekommen, die er eigentlich Alina schreiben wollte und dummerweise an mich geschickt hat. Aber egal. Phillip will nun trotz allem gemeinsam mit mir unsere lang geplante Reise antreten. Wir hätten dann Zeit, unsere Konflikte zu lösen, meint er." Sie schnaubte. „Und außerdem, schrieb Phillip in dem Brief, wäre das ja sonst auch finanziell ärgerlich. Die ganzen Stornogebühren, die anfielen, und manche Unterkünfte seien auch gar nicht stornierbar." Sie löste ihren Blick von der Bank und drehte sich zu Lutz. „So hat er das wirklich formuliert. 'Finanziell ärgerlich.' Lustig, oder?" Nana setzte sich wieder neben Churchill und spürte, wie ihre Augen sich doch mit Wasser füllten. Sie klimperte es weg. Der Hamster ließ sich nicht stören und schlief weiter. Churchills Name schimmerte wegen der beiden C's silbern.

„Wir haben eine Rundtour mit dem Auto geplant. Start nächste Woche", fuhr sie fort und räusperte sich, damit ihre Stimme weniger brüchig klang. „Anfahrt über Frankreich, Eurotunnel, zwei Stopps in England, dann rauf nach

Schottland." Nana formte einen Halbkreis. „Richtig schöne Reiseroute. Erst Edinburgh, dann Westküste. Einige Tage verweilen wir bei meiner Oma auf der Isle of Skye. Sie wird 80 und plant eine große Feier. Die darf ich auf keinen Fall verpassen! Dann weiter über Inverness entlang der Ostküste zurück. Die Kosten teilen wir fair fifty-fifty." Nana schaute ihn fast provozierend an. Sie hatte Panik, dass er sich ihrem Vorschlag verweigern würde. „Ich muss diese Reise machen. Ich habe Elsa, meine Oma, sehr lange nicht gesehen und sie war sehr krank. Die Fahrt … sie ist wirklich wichtig für mich. Aber allein … " Nana brachte nicht die ganze Geschichte über die Lippen, dafür war sie zu persönlich und Lutz zu fremd. „Allein möchte ich nicht fahren", sagte sie nur und holte tief Luft. „Also schlagen wir zwei Fliegen mit einer Klappe", nahm sie einen letzten Anlauf, obwohl ihr klar war, dass Lutz sich wohl nicht auf dieses verrückte Vorhaben einlassen würde. „Du bekommst statt riesigem Ärger deine Inspiration. Schreib ein Reisetagebuch oder sowas. Ich trete meinen langersehnten Urlaub an und kann mit Oma Geburtstag feiern. Und Phillip wird sich mächtig in den Arsch beißen, wenn er hört, dass ich die Fahrt ohne ihn antrete. Das traut er mir nämlich nicht zu."

„Drei."

„Was?"

„Wie bitte."

Nana seufzte. „Wie bitte?"

„Es sind drei Fliegen."

„Du nimmst es aber genau."

„Ich bin Autor. Natürlich nehme ich so etwas genau."

„Ich sehe schon. Der Small Talk mit dir auf der Reise wird anstrengend."

Sie lächelte kurz und schaute ihn dann verblüfft an.

„Das heißt, du kommst mit!"

Er nickte. „Ich hasse Small Talk. Bitte fang nie an, mit mir übers Wetter zu reden. Und wir nehmen Mitfahrer mit."

„Was?" Sie korrigierte sich schnell. „Wie bitte?"

„Schick mir die genaue Route per Mail. Ich stelle die Stationen bei der Mitfahrzentrale ein und wir nehmen Leute mit. So sammeln wir Geld für die Reisekasse und ich kriege kostenfrei zusätzliche Inspiration."

Nana dachte kurz nach. Auch wenn sie die Vorstellung, dass fremde Menschen auf ihrer Rücksitzbank Platz nahmen, überhaupt nicht begeisterte, erschien ihr Lutz' Idee angesichts ihrer finanziellen Lage sinnvoll. „Okay. Aber immer nur eine Person auf einmal, sonst wird mir das zu voll im Auto."

„In Ordnung. Und Churchill fährt mit."

„Bist du bekloppt?", entfuhr es ihr. „Wir können doch keinen Hamster mitnehmen!"

„Warum nicht? Ich habe niemanden, der drei Wochen auf ihn aufpassen könnte. Soll ich ihn verhungern lassen? Du zwingst mich schließlich, diese Reise mit dir zu machen!"

Sie deutete aus dem Fenster. „Könnte die Kioskfrau ihn nicht nehmen?"

„Yasemin? Ich trinke dort jeden Morgen einen Kaffee! Warum sollte sie auf meinen Hamster aufpassen? Außerdem hat sie ein kleines Kind. Das zerquetscht ihn bestimmt."

„Wow. Du liebst Kinder, oder?"

„Ich liebe meinen Hamster."

Nana lachte. „Ich habe Yasemin nur kurz kennengelernt, aber auf mich macht sie einen offenen und patenten Eindruck. Wer ein Kind großziehen kann, der wird auch drei Wochen lang Churchill mit Körnern versorgen können. Du kannst dem kleinen Hamsterherz nicht eine so lange Reise mit unterschiedlichen Gerüchen und Geräuschen antun. Und stell dir vor, wir müssen scharf bremsen!"

Er seufzte ergeben. „Ich frage Yasemin."

Nana nickte zufrieden. „Meine Oma heißt übrigens Elsa. Besorg ihr ein angemessenes Geschenk. Sie hasst Parfüms. Nächsten Dienstag geht es los. Ich hole dich um sieben Uhr ab."

WARMWEISS

Nana lag auf ihrem Bett und schaute aus dem Fenster in die Dunkelheit. Sie war müde und aufgekratzt zugleich, eine lästige Kombination. Oben links im Haus gegenüber brannte wie so häufig Licht. Nana empfand das als tröstlich. Sie hatte keine Ahnung, wer dort wohnte. Also nicht richtig. Im vergangenen Jahr hatte Nana – sie meinte, es sei im Juni gewesen – auf die Klingelschilder geblickt und wusste seitdem, dass dort jemand mit dem Namen Grabowski wohnte. Das fand sie schön, weil es sie an den Maulwurf Grabowski erinnerte, der die Hauptfigur eines ihrer Lieblingsbücher als Kind gewesen war. In den vielen Nächten, in denen sie in den vergangenen zwei Jahren wach gelegen hatte, während Phillip unüberhörbar neben ihr geschlafen hatte, war auf diese Person hinter dem Fenster Verlass gewesen. Dort drüben hatte ebenfalls jemand bis in die frühen Morgenstunden nicht geschlafen und Nana hatte sich dank dieses warmweißen Lichts nicht einsam gefühlt. Als sich ihr Schlafrhythmus irgendwann besserte, hatte sie zum Dank eine Tafel Schokolade in den Briefkasten gesteckt, natürlich eine gute mit einem hohen Kakaoanteil. Schokolade half bei Schlafmangel. Schokolade half bei fast allem.

„Vielleicht schläft derjenige einfach nur mit Licht", hatte Phillip ihr geantwortet, als sie ihm eines Morgens beim Frühstück von der Nachteule gegenüber erzählt hatte. Nana hatte sich im Nachhinein geärgert, dass sie mit ihm darüber gesprochen hatte.

Phillip brachte Seifenblasen schnell zum Platzen. Durch das gekippte Fenster drangen die Geräusche der Nacht. Ihr war warm. Und sie konnte immer noch nicht richtig fassen, dass Lutz und sie zusammen nach Schottland fahren würden. Sie musste morgen sofort anfangen zu packen, denn sie war garantiert die schlechteste Kofferpackerin auf diesem Planeten. Es würde Tage dauern, bis sie ein einigermaßen sinnvoll gefülltes Gepäckstück würde vorweisen können. Eine Handvoll Steine und Farben würde Nana in jedem Fall mitnehmen. Sie wären eine vertraute Ablenkung, falls sich die Reise schwierig gestalten würde.

Ihr wurde etwas mulmig bei dem Gedanken, in einem Auto mit fremden Menschen zu sitzen. Aber das hatte sie sich selbst eingebrockt, und die Erleichterung, dass sie die Reise nun doch antreten konnte, machte sie glücklich. *Nana, das kriegste hin,* hatte ihre Oma sie immer ermutigt, wenn sie nervös geworden war. Zum Beispiel vor Prüfungen. Gott, wie viele Tode sie vor Prüfungen gestorben war! Oder damals, vor dem einen Date. Oder dem anderen.

Nana, das kriegste hin. Elsa äußerte diesen Satz bis heute mit einer solch natürlichen Autorität und Selbstverständlichkeit, dass Nana nicht anders konnte, als ihrer Großmutter Glauben zu schenken. Sie würde nie den Tag vergessen, an dem Elsa ihn zum ersten Mal gesagt hatte.

2007

Nana saß jetzt schon eine ganze Weile in dem Kleiderschrank und hatte das Gefühl für die Zeit verloren. Vielleicht war es eine halbe Stunde, vielleicht auch bereits zwei. Die Zeit, sie war trügerisch. Sie gab vor, immer gleich lang zu sein, aber das stimmte nicht. Sie verging mal schnell, mal langsam, und selten blieb sie ganz und gar stehen. Wie am Donnerstag vor einer Woche. Das Wort 'Zeit' war grau und hubbelig, und Nana fand das passend.

Sie hatte lediglich das blaue Kleid aus ihrem Schrank nehmen wollen, nachdem sie es bereits geschafft hatte, aufzustehen und zu duschen. Elsa hatte ihr mehrfach versichert, dass es völlig in Ordnung war, blau zu tragen. Sie sollte anziehen, worin sie sich wohlfühlte. Also hatte Nana ihr Abikleid gewählt, das sie drei Monate zuvor mit ihrer Mutter ausgesucht hatte. Und dann, als sie die Hand danach ausstreckte, fehlte ihr plötzlich die Kraft, es vom Bügel zu nehmen. Stattdessen sah der freie Platz dort auf dem Boden vom Kleiderschrank so wohlig aus. Nana setzte sich, zog die Tür von innen zu, lehnte ihren Kopf an die hintere Holzwand, roch den vertrauten Duft ihrer Kleidung und erinnerte sich an den Tag, an dem ihr Vater zusammen mit ihrer Mutter den Schrank im Zimmer aufgebaut hatte. Sie hatten sich zweimal gestritten. Papa hatte sich einmal den Hammer auf den Daumen gehauen und dabei lautstark geflucht.

Irgendwann hörte sie eine vertraute Stimme ihren Namen rufen, doch sie blieb reglos sitzen, auch als die Stimme lauter wurde und sich Schritte näherten. Elsa klopfte schließlich vorsichtig an die angelehnte Schranktür.

„Nana? Du hast dich schon als kleines Kind in den Schrank gesetzt, wenn du traurig warst." Sie hörte ihre Oma tief durchatmen. „Wir müssen in einer halben Stunde losfahren."

„Ich kann nicht", flüsterte Nana, während Tränen über die Wangen auf die Lippen kullerten. Salz.

Elsa sagte lange nichts. Dann sagte sie: „Doch." Und setzte entschlossen hinterher: „Nana, das kriegste hin."

Es war nicht der eigentlich viel zu flapsige Inhalt, sondern die Farbe ihres Tonfalls gewesen, die Nana schließlich hatte aufstehen lassen. Wackelig auf den Beinen, wie ein neugeborenes Fohlen, zog sie sich das Kleid über, ließ sich von ihrer Oma die Haare zu einem Zopf flechten und stieg eine halbe Stunde später mit ihr ins Auto.

Nana schloss den Tunnel vor ihrem inneren Auge, der sie in die Vergangenheit führte. Sie seufzte. Ihr hervorragendes bildliches Gedächtnis war Fluch und Segen zugleich. Doch gegen diesen Tag damals, beruhigte sich Nana selbst, war eine Reise nach Schottland mit einem nahezu Unbekannten ein Witz. Lutz war definitiv eine bessere Begleitung als keine Begleitung. Es war nur die Angst vor der eigenen Courage, die sie für einen Augenblick übermannt hatte. „Nana, das kriegste hin", sagte sie nun laut, stand noch einmal vom Bett auf, um sich ein neues Pflaster für ihren aufgekratzten Daumen zu holen, und löschte schließlich das Licht.

KRASSGRÜN

Nana kam nur langsam im morgendlichen Berufsverkehr voran. Vor der großen Fahrt hatte sie ihren geliebten Toyota von Kalle durchchecken lassen. „Alles tippitoppi, Nana! Gute Fahrt und bring mir nen Whiskey mit", hatte er beim Abschied gesagt. Kalle war der KFZ-Mensch ihres Vertrauens. Wenn Kalle sagte, ihr Corolla würde die Reise schaffen, würde er sie schaffen.

An der Fußgängerampel überquerten fast ausschließlich Schülerinnen und Schüler die Straße. Mädchen in Sommerkleidern oder hochgeschnittenen Jeans mit kurzem Top, Jungs mit bis zu den Knöcheln hochgekrempelten Hosen, Turnschuhen und T-Shirts. Gemeinsam war ihnen der müde Blick. Nana erinnerte sich gut an ihre eigene Schulzeit. Die ersten beiden Schulstunden war sie ausschließlich physisch anwesend gewesen.

Ich habe bestimmt nur Falsches eingepackt, dachte sie, als sie den Wagen im Innenhof des Mehrparteienhauses parkte, in dem Lutz wohnte.

„Ich komme herunter“, knarzte es wenige Sekunden nach ihrem Klingeln aus der Gegensprechanlange.

Die Morgenluft war angenehm kühl. Nana nahm einen tiefen Atemzug und wippte in ihren Chucks ungeduldig auf und ab. Die Schuhe quietschten. Auch wenn sie am liebsten barfuß ging oder Sandalen trug, hatte sie sich für die Autofahrt extra festes Schuhwerk angezogen und ein schlichtes, weitgeschnittenes graues Kleid, das nirgendwo drückte oder spannte, wenn sie lange saß.

Lutz trat mit einem kleinen Koffer vor die Tür, nickte Nana zur Begrüßung zu und verfrachtete ihn sogleich in den Kofferraum. Er trug das gleiche Outfit wie bei ihrer ersten Begegnung: Lange schwarze Hose, weißes Hemd, Lederschuhe.

„Kein Beautycase?“, fragte er, als er sein Gepäck neben ihrer Sporttasche und dem großen roten Koffer verstaute. „Es gibt zwei Frauentypen: Die mit und die ohne Beautycase“, gab sie zur Antwort.

„Welche sind die besseren?“, fragte er.

„Definiere besser.“

Er schmunzelte. „Touché.“

„Ich kann dir nur sagen, welche erfahrungsgemäß länger das Bad blockieren.“

Lutz nickte und schloss den Kofferraum. „Kannst du mir helfen, Churchills Käfig hinüber zu bringen?“ Er wies mit einer Kopfbewegung zum Kiosk.

„Klar.“

Vorsichtig trugen sie das Terrarium durch das Treppenhaus hinunter. Yasemin erblickte die beiden bereits durch ihr Schaufenster und öffnete ihnen, mit Ela auf dem Arm, die Tür.

„Moin“, begrüßte die junge Kioskbesitzerin sie in einem krassgrünen Jumpsuit, der ihre dunklen Haare und dunkelbraunen Augen besonders gut zur Geltung brachten. „Kommt mit.“ Sie verließen den Kiosk durch die Hintertür, und Yasemin führte die beiden in den zweiten Stock. „Den Käfig stellen wir ins Wohnzimmer, neben den Sessel an die Wand“, wies sie an. Kurz bevor die beiden das Terrarium absetzten, verzog Lutz schmerzverzerrt das Gesicht. Fragend blickte Nana ihn an.

„Legostein“, erklärte er mit zusammengebissenen Zähnen. Nana grinste. „Karma“, flüsterte sie.

Lutz verdrehte die Augen. „Ich hole Churchill.“ Er verschwand im Treppenhaus.

Yasemin nickte zufrieden und setzte ihr Kind auf dem Teppich ab. „Da steht der Käfig gut und kriegt keine Sonne ab.“ Die Kioskbesitzerin schaute nun neugierig zu Nana. „So, und ihr fahrt jetzt für drei Wochen weg, obwohl ihr euch nicht wirklich kennt und Lutz dich mit der Wohnungsanzeige belogen hat. Übrigens ne echte Kacknummer! Hab ich ihm auch gesagt, als er rüberkam.“

Nana lachte. „Ja“, entgegnete sie nur, weil sie nicht wusste, was sie sonst noch sagen könnte.

„Krasser Scheiß. Du wirst deine Gründe haben, warum du das machst. Falls du ein bisschen Muffensausen hast: Von allem, was ich mitbekommen hab, trägt Lutz das Herz am rechten Fleck.“

„Was hast du denn so mitbekommen?“, fragte Nana neugierig.

„Na ja, wenn er im Kiosk ist, hält er meiner Stammkundin Erika, die schon voll alt ist, immer die Tür auf. Und Lutz redet ja nicht viel, aber wenn's drauf ankommt, dann … Im letzten Monat zum Beispiel gab's Stress vor dem Kiosk. Streit zwischen einem Pärchen. Der Typ war mega aggro. Lutz ging raus, packte ihm an den Kragen und – ich weiß nicht, was er ihm gesagt hat – Sekunden später war der Eumel weg und die Frau ziemlich erleichtert.“

Schritte im Hausflur kündigten Lutz' Rückkehr an. „Danke, dass du mir das erzählt hast", flüsterte Nana Yasemin noch schnell zu, bevor ihr Reisegefährte wieder das Wohnzimmer betrat.

„Kann ich euch während eurer Tour eigentlich auf Insta folgen?", fragte Yasemin, während Lutz den Hamster vorsichtig aus der Transportbox ins Terrarium setzte.

Seine Antwort brummelte er. „Natürlich nicht."

„Warum eigentlich nicht?", erwiderte Nana langsam. „Das ist keine schlechte Idee. Es wäre wie ein digitales Fotoalbum. Vielleicht hilft es dir, deine Reisenotizen später besser zu erinnern." Sie war selbst erstaunt, wie schnell sie für die Idee Feuer fing.

„Ich verschwende meine Zeit nicht mit albernen Hashtags. Und schon gar nicht mit Bildern."

„Was hast du denn gegen Bilder?" Nanas Stimme klang gereizter, als ihr lieb war. „Ein Bild sagt mehr als tausend Worte, Herr Autor."

Lutz setzte zur Antwort an, als Yasemin beschwichtigend ihre Arme hob. „Ts, ts, ts, das fängt ja schön harmonisch an. Fahrt jetzt lieber, bevor ihr euch schon in meinem Wohnzimmer an die Gurgel springt. Aber kommt vorher kurz mit." Schwungvoll schnappte sie sich ihre Tochter, die sich gerade wackelig an einem Sessel hochzog. „Hier." Im Kiosk überreichte sie ihnen ein liebevoll geschnürtes Päckchen. „Reiseproviant. Brötchen, Kekse, und für dich, Nana, eine extra große Tüte Weingummi. Vertragt euch."

„Danke", sagte Nana gerührt, als sie alles entgegennahm.

„Das ist total nett von dir."

„'Total' ist ein schreckliches Füllwort", flüsterte Lutz Nana zu, bevor er sich ebenfalls bei Yasemin bedankte. „Und falls etwas mit Churchill sein sollte …"

„… hab ich deine Nummer", beruhigte Yasemin ihn. „Aber bei der dreiseitigen Anweisung, die du mir vorab gemailt hast, sollten echt keine Fragen offen sein. Entspann dich, ich krieg das hin. Bei euch beiden hingegen bin ich mir da nicht so sicher." Sie brach in ein ansteckendes Lachen aus, und Nana winkte ihr beim Hinausgehen zu.

Wenige Minuten später befanden sich Nana und Lutz auf der Autobahn, die sie Richtung Ruhrgebiet führte. „Wir können uns beim Fahren gerne abwechseln", bot Lutz an. „Sag einfach Bescheid, falls du eine Pause brauchst." „Danke für das Angebot, aber das Auto fahre nur ich", entgegnete sie bestimmt. „Nimm's nicht persönlich", setzte sie schnell hinterher, weil sie nicht gleich zu Beginn der Reise unhöflich wirken wollte. „Du bist bestimmt ein guter Fahrer. Es ist nur … es ist einfach so." Zu ihrer Erleichterung fragte Lutz nicht weiter nach, sondern nickte nur. „Aber du könntest das Tanken während unserer Reise übernehmen – und das Einkaufen. Ich hasse beides."

„Ich auch."

„Ach guck! Wie nett."

„Nett?"

„Unsere ersten Gemeinsamkeiten! Wir hassen dieselben Dinge. Gemeinsamkeiten sind von Vorteil, wenn man eine längere Zeit zusammen verbringt."

„Hast du mit deinem Ex viele Gemeinsamkeiten?"

„Ich … äh … was für ein Themenwechsel, Lutz! Ich hatte gerade angefangen, gute Laune zu bekommen."

„Tut mir leid. Ich bin von Natur aus neugierig. Das bringt meine Arbeit mit sich."

Sie seufzte. „Na gut, das sehe ich dir nach. Ohne Neugierde keine Impulse. Ohne Impulse keine Kreativität."

Er blickte sie überrascht an.

„Genau."

„Wo steigt eigentlich unser erster Mitfahrer zu?", wechselte sie das Thema.

„In Oberhausen, fährt mit bis Boulogne-sur-Mer. Und es ist eine Mitfahrerin. Sie heißt Amelie."

KNALLROT

Die zwei Stunden Fahrt bis nach Oberhausen legten sie größtenteils schweigend zurück. Nana empfand es als angenehm, die Stille nicht zwanghaft füllen zu müssen. Lutz hatte ihr unmissverständlich gesagt, was er von Small Talk hielt. So musste sie glücklicherweise nicht über das Wetter reden, sondern konnte in Ruhe ihren Gedanken nachhängen. Sie freute sich so sehr auf Elsa! Fast zwei Jahre hatten sie sich nicht gesehen, nur telefoniert und E-Mails geschrieben. Und sechs endlos lange Wochen war selbst das nicht möglich gewesen, als Elsa auf der Intensivstation gelegen hatte. Sie musste sich persönlich davon überzeugen, dass es ihrer Oma wieder gut ging. Nana seufzte innerlich. Und sie musste Elsa auch persönlich mitteilen, dass sie den Ring nun nicht mehr brauchen würde. Das bekam sie am Telefon nicht über die Lippen. Nana schob diesen unangenehmen Gedanken beiseite, noch hatte sie etwas Zeit. Ihr schoss Yasemins Idee des Instagram-Accounts in den Kopf. Es wäre vielleicht ein erster Schritt, den Bildern wieder mehr Raum in ihrem …

„Die nächste runter."

Nana zuckte zusammen, als sie Lutz' Stimme vernahm.

„Dann links. Nach zwei Kilometern soll an der Straße eine Tankstelle liegen. Dort sammeln wir Amelie ein."

„In Ordnung. Weißt du, wie alt Amelie ist?"

„24."

Wenige Minuten später bog Nana auf das Tankstellengelände ab.

„Sie müsste eigentlich schon da sein." Lutz blickte suchend über das Gelände. „Da hinten vielleicht." Er deutete auf eine junge Frau, die an der Reifenluft-Station stand.

„Was macht sie da?", fragte Nana und fuhr langsam näher. Die junge Frau trug eine weit ausgestellte Jeans und ein knallrotes Rippshirt. Sie befestigte mit Klebeband einen Zettel an der Säule, strich das aufgehängte Papier liebevoll mit ihren Händen glatt und ging ein paar Schritte zurück, um es aus der Ferne zu betrachten. Nun konnten auch Lutz und Nana durch die Windschutzscheibe lesen, was in großen Buchstaben darauf geschrieben stand.

Nana lachte laut auf.

„Da fehlt ein …" begann Lutz.

„Ja, da fehlt ein A. Aber sie hat recht!"

50 Cent für Luft? Geld für Luft???

Ihr hirnrissigen Asgeier!

Aber bitte. Es ist ja Euer Karma. ♡

„Sie hat immerhin 'Euer' großgeschrieben. Das gibt einen Pluspunkt. Anreden sollten immer großgeschrieben sein, egal was die neuen Regeln besagen", murmelte Lutz.

„Die 'neuen' Regeln?" Nana lächelte ihn spöttisch an.

„Vor wie vielen Jahrzehnten wurde die Rechtschreibreform verabschiedet?“

Lutz winkte störrisch ab.

Nana ließ die Scheibe herunter. „Amelie?“

Die Unbekannte drehte sich um. „Ah, da seid ihr ja! Lutz und …“ Sie schaute Nana fragend an.

„Ich bin Nana, hallo.“

„Wie die Nanaminze? Die ist lecker!“ Amelie griff sich ihren Rucksack und öffnete schwungvoll die hintere Tür.

„Nein, wie … ach, ist auch egal“, murmelte Nana.

Als sich Amelie auf die Rücksitzbank plumpsen ließ, wehte ein künstlicher Apfelduft nach vorne. „Super, dann kann's jetzt ja losgehen“, sagte sie fröhlich.

Nana hatte den Wagen bereits wieder gestartet, als Lutz „Moment noch“ rief. Hektisch löste er seinen Anschnallgurt, schnappte sich den Kugelschreiber, der in der Mittelkonsole lag, stieg aus und fügte auf dem Papier das fehlende „a“ bei „Aasgeier“ hinzu. „So konzentrieren sich alle auf den Inhalt und nicht auf den Rechtschreibfehler“, erklärte er zufrieden, nachdem er wieder auf dem Beifahrersitz Platz genommen hatte.

Amelies Lachen erklang glockenklar. „Cool, danke!“ Nana fuhr zurück auf die Autobahn, und das monotone Geräusch der Reifen auf Asphalt wurde lediglich von einem wiederkehrenden Ploppen unterbrochen. Ihre Mitfahrerin blies formidabel große Kaugummiblasen, wie Nana im Rückspiegel registrierte, die dann ebenso formidabel platzten. Daher kam also der künstliche Apfelgeruch. Nach dem vierten Ploppen begann Lutz, nervös mit seinem Knie zu wippen. „Fährst du privat oder beruflich nach Frankreich?“, startete Nana ein Gespräch. Vielleicht würde Amelie ihr Kaugummi vergessen, wenn sie erzählte.

„Privat. Ich will meinem Freund einen Heiratsantrag machen."
„Wow."
„Ja, ich habe keine Lust mehr, zu warten." Amelie brachte das Kaugummi ein weiteres Mal zum Platzen. Lutz zuckte zusammen.
„Weißt du, ich habe eine Narbe in meinem Kopf. Und seitdem ich das weiß, ist alles anders."

„Du hast was?"

„Eine Narbe in meinem Kopf. Ja, klingt komisch, ich weiß." Nana warf Lutz einen panischen Blick zu. Das würde doch jetzt hoffentlich keine *ich-bin-totkrank-und-mir-bleiben-nur-noch-wenige-Monate-in-denen-ich-all-meine-Träume-erfüllen-will-zum-Beispiel-zum-ersten-Mal-im-kalten-Atlantik-baden-oder-heiraten*-Geschichte. Nana hatte keine Ahnung, was eine adäquate Reaktion darauf wäre. Und auch wenn es schrecklich kaltherzig klang, doch das hier war ihre langersehnte Reise. Und auf der wollte sie eine solche Geschichte nicht hören. „Also, die Sache ist die", fuhr Amelie jedoch unbarmherzig fort. „Mir war immer schwindelig und irgendwann dachte ich, na ja, vielleicht sollte ich damit mal zum Arzt gehen. Der hat mich von oben bis unten auf den Kopf gestellt. Aber nichts gefunden. Zum Schluss hat er mich, nur um sicherzugehen, in die Röhre geschickt, um meine Rübe zu scannen. Ich sag euch, ich hatte echt ein bisschen Schiss vor diesem Ding. Aber als ich drin lag, war es gar nicht schlimm, eigentlich sogar ziemlich lustig." Sie kicherte, blies ihr Kaugummi auf und ließ es wieder platzen.

Lutz zuckte.

„Ich höre ab und an gerne Techno und diese Röhre, die hatte ein bisschen was von einem Techno-Song. Bamm! Bamm! Bamm! Mann, war das laut da drin! In meinem Kopf haben sie aber auch nichts Schlimmes gefunden. Bis auf diese kleine

Narbe." Nana sah im Rückspiegel, wie sich Amelie an die Stirn tippte.

„Aber diese Narbe ist nichts Ernstes?", fragte Nana hoffnungsvoll und räusperte gegen den Frosch in ihrem Hals an.

„Nöö. Der Arzt meinte, die hätte mit meinem Schwindel nichts zu tun. Der ging irgendwann auch einfach von allein wieder weg, keine Ahnung, was das war. Der Doc meinte, ich soll einfach in einem Jahr noch mal in die Techno-Röhre, um zu gucken, ob die Narbe bleibt, wie sie ist oder größer wird. Ansonsten sollte ich mir keinen Kopp machen. Haha, keinen Kopp, wie lustig!" Amelie lachte laut auf, und Nana lockerte ihre Finger, die sie so fest um das Lenkrad gekrallt hatte, dass ihre Knöchel weiß hervorgetreten waren. „Aber weißt du, was ich mich als Erstes gefragt hab, als mir der Arzt das gesagt hat?"

„Hmh?"

„Ich hab mich gefragt, wo ich gerade in dem Augenblick war, als da oben ne Wunde aufgeklafft ist. Was ich da wohl gemacht hab. Habe ich geschlafen? Gebrüllt, weil ich mich über irgendwas geärgert hab? Hab ich ein Eis gegessen? Hatte ich Sex?" Sie blies ihren Kaugummi auf.

„Wahrscheinlich hast du Kaugummi gekaut", tippte Lutz.

Die Blase platzte. Lutz zuckte.

„Kann gut sein." Amelie lachte wieder. „Wisst ihr, ich bin kein Mensch, der sich viele Gedanken macht. Und ich bin sicher nicht die hellste Birne auf diesem Planeten. Aber als ich da rausgegangen bin, habe ich gedacht: Amelie, du könntest schneller weg sein, als du bis drei zählen kannst. So schnell, dass du es gar nicht mitkriegst. Eben warst du noch da, und dann biste schon weg. Ich hab ja auch nichts von der Narbe gemerkt. Und an diesem Tag habe ich mir geschworen, dass ich mache, was ich will. Dass ich alles tu, damit ich möglichst jeden Tag im Flow bin. Weil das Leben kurz ist. Bamm!“

„Und was genau willst du machen?“, hakte Lutz nach. „Also, außer zu heiraten?“

„Mich nicht ärgern. Nicht lügen. Nichts aufschieben, was mir wichtig ist.“

„Und wie klappt das so?“, fragte Nana.

„Ist nicht easy, läuft aber immer besser. Ich hab seitdem zum Beispiel immer Zettel und Stifte dabei. Und wenn mir was Hirnrissiges begegnet, dann denke ich nicht mehr nur 'wie hinrissig!'. Dann schreibe ich es auf und klebe es hin. Wie eben an der Tanke. Oder ich sage es frei heraus. Und ich umgebe mich auch nicht mehr mit Menschen, die nicht gut für mich sind. Ich habe den sechsten und siebten Sinn, wisst ihr? Hab ich von meiner Ma geerbt. Und das verstecke ich nicht mehr. Ich nutze die jetzt. Wäre ja doof, wenn nicht.“

„Aha.“ Lutz klang wenig beeindruckt.

„Und weil ich eben nichts aufschiebe und Yannis gut für mich ist, fahre ich heute zu ihm und mache ihm einen Antrag.“ Vor Nana zog ein LKW auf die mittlere Spur, sie wechselte auf die linke und gab Gas.

Lutz klammerte sich am Türgriff fest. „Wie lange seid Yannis und du bereits ein Paar?“, fragte er.

„Wir haben uns vor anderthalb Jahren kennengelernt, als ich ein Semester in Frankreich studiert hab. Seitdem pendeln wir hin und her. Ich habe aber keine Lust mehr zu pendeln. Dieses Semester mach ich meinen Abschluss. Danach will ich zu Yannis und seiner Familie auf den Hof ziehen und meine eigene Familie gründen. Eine große.“

„Wow“, entgegnete Nana erneut, weil ihr keine klügere Reaktion einfiel. Lutz warf ihr einen genervten Blick zu. „Meinst du, du findest dort Arbeit?“, wollte Nana wissen. „So eine Großfamilie will ja auch ernährt sein.“

Amelie prustete los. „Du klingst wie meine Mutter. Also, Yannis und seine Familie sind quasi Selbstversorger auf dem Hof. Damit würden wir auch drei bis vier Kinder sattkriegen. Der Rest ergibt sich."

„Das ist ganz schön …"

„… naiv", resümierte Lutz leise.

„… mutig", sagte Nana laut.

Amelie plapperte fröhlich weiter und erzählte ungefragt von ihrer Kindheit („ich bin als Einzelkind in der Stadt großgeworden und hab mir immer Geschwister gewünscht"), über ihre erste Liebe („Benjamin, neun Jahre alt, seine braunen Locken waren der Hammer!"), ihr Studium („Soziologie und BWL. Ja, BWL. Passt nicht zu mir, sagen alle. Aber ich mag Zahlen. Meine Lieblingszahl ist die Sieben, und eure?"), ihre Wünsche „Mindestens drei Kinder und sieben Enkelkinder. Ein Apfelbaum im Garten mit einer Schaukel dran."). Schließlich wickelte Amelie zu Lutz' Erleichterung ihren Kaugummi in das Papier und kündigte an, nun ein Nickerchen machen zu wollen. Minuten später schnarchte sie auf der Rücksitzbank leise vor sich hin.

„Und?" Nana blickte zu Lutz.

„Was, und?"

„Ist das nicht eine interessante Figur?"

„Die kaugummikauende Schrägstrich schnarchende Amelie, die zwei Sinne mehr besitzt und mit Pseudo-Lebensweisheiten um sich wirft, für die du erschreckend viele Likes auf Facebook kriegen würdest? Und die du eins zu eins auf esoterische Zeitschriften mit blumigen Bildern drucken könntest?" Er blickte beleidigt aus dem Fenster. „Das hat null Tiefe."

Nana schmunzelte. „Lutz, dein Zynismus ist sehr schädlich für dein Karma. Ich spüre, dass deine Aura erschreckend dunkel ist. Ich lege jetzt eine Pause am Rastplatz ein, dann kannst du einen Baum umarmen und ein bisschen runterkommen."

„Pft." Er schnaubte.

„Ich interpretiere das als ein Ja. Ich mag Amelie übrigens. Sie wirkt so frei."

„Schön. Und weißt du, was mir mein siebter Sinn sagt? In drei Jahren ist sie geschieden und alleinerziehende Mutter von drei Blagen. Dann zieht sie zurück in die Großstadt zu ihrer Mutter. Geschichte wiederholt sich meistens."

„Puh. Jetzt mach mal halblang. So viel Pessimismus bei so wenig Kaffee kratzt auch an meiner Aura. Ich merke, wie sie gerade von einem warmen Gelb in ein hässliches Braun kippt." Aus den Augenwinkeln meinte sie den Ansatz eines Lächelns auf Lutz' Gesicht zu erkennen. Sie setze den Blinker rechts und fuhr auf den Rastplatz. „Ich darf dich erinnern: Die Idee der Mitfahrer stammt von dir. Also beschwer dich nicht", mahnte sie leise und vergewisserte sich mit einem Blick in den Rückspiegel, dass Amelie noch schlief. „Davon abgesehen glaube ich, dass es mehr Dinge zwischen Himmel und Erde gibt, als wir auf den ersten Blick erfahren."

„Prima. Dann kann mir ihr siebter Sinn gleich die Lottozahlen von morgen verraten."

Nana verdrehte die Augen. „Wahrscheinlich bist du einfach nur neidisch auf ihre Unbeschwertheit." Sie stellte den Wagen ab.

„Wahrscheinlich nicht", entgegnete er. „Kaffee mit Milch?"

„Nein, schwarz wie deine Seele."

Er lachte leise und stieg aus.

Nana griff zu ihrem Handy und drehte sich zu Amelie. Sie hatte zarte, schöne Hände, die gefaltet auf ihrem Bauch lagen. Am rechten Mittelfinger trug sie einen großen spiralförmigen Ring aus Metall, der Nana an ein Schneckenhaus erinnerte. Sie knipste ein Foto von Amelies Händen und verwendete dabei einen Schwarz-Weiß-Filter. Anschließend griff sie zur Tasche im Fußraum und holte Yasemins Reiseproviant hervor. Die Brote ließ sie unberührt liegen und schnappte sich stattdessen das Weingummi. Als sie Lutz mit zwei Bechern auf sie zukommen sah, stieg sie aus dem Wagen und lockerte ihre Beine. Er reichte ihr den Kaffee. Aus seinem Becher baumelte ein Faden.

„Du trinkst Tee?“ Er nickte. Sie blickte auf das kleine Schild.

„Bah!“, entfuhr es ihr. Lutz hob die Augenbrauen. „Earl Grey, ernsthaft? Der schmeckt … der schmeckt … bah!“

„Du weißt schon, dass 'bah' keine Geschmacksrichtung ist, oder?“

„Oh, doch, mein Lieber. Die von Earl Grey!“ Sie nippte an ihrem Kaffee. Er war lauwarm.

„Lass uns zügig weiterfahren“, bat Lutz, nachdem sie ausgetrunken hatten. „Es ist so angenehm ruhig, wenn Amelie schläft.“ Er blickte auf die Uhr. „In gut zwei Stunden sollten wir unser erstes Ziel erreicht haben.“

„Genug Zeit, um noch so einige Kaugummiblasen zum Platzen zu bringen.“ Nana lachte.

Lutz hob seinen Zeigefinger an die Nase, überlegte kurz und blickte sie dann schelmisch grinsend an, bevor er die hintere Tür des Autos öffnete.

„Was hast du vor?“, flüsterte Nana alarmiert hinter seinem Rücken.

Lutz beugte sich ins Wageninnere über Amelie, und Nana hörte das vorsichtige Öffnen eines Reißverschlusses. Sekunden später drehte er sich mit triumphierendem Blick zu ihr. In der Hand hielt er eine Packung Kaugummis.

„Ernsthaft? Du klaust ihr die, statt sie zu bitten, das Kauen im Auto einfach zu unterlassen?“

Er nickte, und in seinen Augen blitzte es erneut auf. „Lass mir doch den kleinen Spaß."

„Du bist offensichtlich nicht nur ein Betrüger, sondern auch ein Dieb!"

„Och, komm. Es ist nur eine Kaugummipackung, die erschreckend viele Aroma- und Farbstoffe enthält. Ich tue ihrer Gesundheit damit einen Gefallen!"

Nana schüttelte entrüstet den Kopf, stieg wieder ins Auto und startete den Motor. „Es ist dein Karma. Du wirst schon sehen."

EIGELB

Nana betrachtete den herzförmigen Stein in ihrer rechten Hand, während sie auf das Essen warteten. Sie wusste noch immer nicht genau, wie sie das gerade Erlebte mit Amelie einordnen sollte, und ein Blick zu Lutz verriet, dass es ihm nicht anders erging. „Wie ich schon sagte, es gibt …" „Ja ja", unterbrach Lutz sie, „mehr zwischen Himmel und Erde, als wir uns erklären können." Er nahm einen Schluck von seinem Bier und strich das Tropfdeckchen am Fuß des Glases sorgfältig glatt. Amelie hatte ihnen dieses Bistro empfohlen, und sie waren gleich dorthin gefahren, nachdem sie ihre Mitfahrerin am Bahnhof abgesetzt hatten.

„Aber ich gebe zu, auch ich fand's etwas spooky."

„Unheimlich! Warum müssen wir englische Wörter benutzen, wenn es passende in unserer Sprache gibt? Dieses Denglisch ist eine Unart! Ich zitiere Amelie: 'War nice mit euch.'" Er schnaubte.

„Du willst nur ablenken, Herr Autor. Weil du es auch spooky findest und keine Erklärung dafür hast."

„Noch nicht." Lutz hob den Zeigefinger. „Es wird eine geben." Er schaute durch das Fenster auf das Meer.

„Jetzt verrat mir doch endlich, was auf der Knickohr-Seite stand."

„Sag du mir doch erst einmal, was du so grandios an Steinen findest."

„Mach ich. Später." Nana nahm einen Schluck Wein, während sie die Szene vor ihrem inneren Auge Revue passieren ließ. Sie waren, wie von Amelie gewünscht, zum Bahnhof Boulogne-Ville gefahren. Bevor sie ausstieg, hatte sich Amelie zunächst an Nana gewandt und aus der Hosentasche einen herzförmigen Stein hervorgeholt.

„Den hab ich an dem Tag auf dem Bürgersteig gefunden, als ich aus der Röhre kam. Seitdem habe ich ihn bei mir getragen. Steine sind treue Begleiter. Das findest du doch auch?" Amelie zwinkerte ihr zu. „Dieser hier hat magische Kräfte." Sie reichte Nana den Herzstein von der Rücksitzbank nach vorne.

Nana nahm ihn entgegen und war so perplex, dass sie zunächst nur ein zartes Lächeln hervorbrachte. „Ich passe gut auf ihn auf", versprach sie dann.

Amelie schüttelte den Kopf. „Nein, er passt auf dich auf. Ach, und Lutz, für dich hab ich auch noch was." Sie kramte in ihrem Rucksack und zauberte schließlich ein schmales Buch hervor. Wie um sich noch einmal zu vergewissern, dass es das richtige war, blickte sie auf das Cover. „'Zynismus ist steckengebliebene Trauer.' Steht hier drin." Sie tippte dreimal mit dem Zeigefinger auf das Buch, schlug es dann auf und knickte in eine der ersten Seiten ein Eselsohr. „Und was auf dieser Seite steht, trifft auch voll zu." Amelie reichte ihm den Band.

Lutz warf höchst widerwillig einen Blick auf die markierte Seite und schlug das Buch danach wortlos zu.

„Übrigens, behalt die Kaugummis ruhig, ich teile gerne", fuhr Amelie fort. „Ich hab noch ne Packung mit Erdbeergeschmack ganz unten im Rucksack, die ist noch geiler. Tschüss, ihr zwei, war nice mit euch!" Damit war sie ausgestiegen, hatte sich auf dem Weg zu den Gleisen noch ein letztes Mal umgedreht und ihnen gewunken. Das Buch hatte Lutz bis zur Ankunft am Bistro auf dem Schoß festgehalten und es schließlich im Kofferraum in seinem Gepäck verschwinden lassen.

„Voilà, Madame."

Nana wurde von der Bedienung aus den Gedanken gerissen. Diese stellte eine viereckige Auflaufform auf den Tisch, die mit einer riesigen Portion geschmolzenem Käse und Brotstückchen gefüllt war. Darauf thronte ein Spiegelei. Lutz blickte auf Nanas Gericht und hob die Augenbrauen. „Das ist also dein Croque Gallois. Ich hoffe, du magst Käse." „Ja. Aber das ist sehr viel Käse." Sie lachte. „Wenn ich das alles aufessen würde, könnte ich bestimmt nie wieder auf die Toilette gehen."

„Deshalb bestelle ich nur Gerichte, unter denen ich mir auch etwas vorstellen kann", entgegnete er, griff zum Löffel und probierte seine Fischsuppe.

„Aber wo bleibt denn da der Reiz?", konterte Nana. „Deine Abenteuerlust? Dein Autoren-Gen, das dir flüstert: Wage etwas, Lutz! Begib dich auf unbekanntes Terrain!"

„Auf ein Terrain, auf dem ich eine Woche lang nicht kacken kann?"

Nana schaute ihn mit großen Augen an. „Hast du gerade ernsthaft 'kacken' gesagt, Herr Autor?"

„Ja. Etwas zutiefst Natürliches, findest du nicht?" Sie wollte gerade etwas entgegnen, als ihr Handy klingelte.

„Geh ruhig dran, mich stört es nicht", sagte Lutz. Nana blickte auf ihr Display. Phillips Name leuchtete auf. Sie seufzte genervt. Würde sie nicht annehmen, würde er immer und immer wieder versuchen, sie zu erreichen, dafür kannte sie ihn. Sie drückte auf das grüne Hörersymbol. „Phillip, was gibt's?", begrüßte sie ihn mit einer bemüht unbeschwerten Stimme.

„Nana! Du gehst dran! Gut. Äh, was es gibt? Wo bist du?"

„In Boulogne-sur-Mer. Du erinnerst dich vielleicht an die Reiseplanung? Das ist das erste Etappenziel. Morgen geht's durch den Eurotunnel." Sie hatte ihm in einer knappen Nachricht geschrieben, dass sie die Reise auch ohne ihn antreten würde, aber keine Kosten auf ihn zukämen.

„Du bist wirklich losgefahren? Alleine?"

Das geht dich nichts mehr an, dachte sie, und sagte: „Du, Phillip, mein Essen wird kalt. Gibt's was Wichtiges? Ansonsten würde ich vorschlagen, du wählst diese Nummer nicht mehr und lässt mich in Frieden. Ruf meinetwegen Alina an, vögelt euch die Hirne aus dem Kopf. Wobei, das dürfte nicht allzu lange dauern …"

Aus den Augenwinkeln sah sie, wie Lutz sich an der Fischsuppe verschluckte und hustete.

„Nana!", entgegnete Phillip aufgebracht. „Ich mache mir echt Sorgen und du redest so mit mir? Du kannst doch nicht einfach …"

„Hör mal, Phillip. Was ich kann oder nicht kann, entscheide ich allein. Und ich kann und werde dieses Telefonat nun beenden. Pass auf dich auf, ich pass auf mich auf." Nanas Hände zitterten leicht, als sie das Smartphone zurück in ihre Handtasche steckte.

„Schau mal durchs Fenster. Der Blick aufs Meer beruhigt ungemein", sagte Lutz und löffelte weiter seine Suppe. Sie nickte und fand, dass das ein guter Ratschlag war. Nach einer Weile nahm sie wieder ihr Besteck zur Hand und aß dreiviertel der Schale leer, während sie sich mit Lutz über die Frage stritt, ob man ein Spiegelei von beiden Seiten oder nur von einer braten sollte.

Mit vollem Magen und erschöpft von dem langen Tag, parkte Nana den Wagen eine Stunde später vor dem Hotel.

„Ach du Scheiße", entfuhr es ihr, als sie das niedrige, graugestrichene Gebäude durch die Windschutzscheibe betrachtete. Der leise Nieselregen tat sein Übriges, um das Hotel traurig aussehen zu lassen.

„Sieht von außen wenig einladend aus, aber es ist ja nur für eine Nacht. Und vielleicht sind die Zimmer trotzdem gut", sagte Lutz.

„Vielleicht", murmelte Nana angespannt. Als sie die Frau hinter der Rezeption erblickte, fragte sie sich, ob die Gebäudefarbe wohl auf alle Menschen, die hier arbeiteten, abfärbte. Die müde wirkende Rezeptionistin schob lustlos einen Zettel auf dem Tresen zu ihnen, in den sie ihre Daten eintragen mussten und überreichte ihnen anschließend die Türkarte.

Die Luft im Zimmer war schrecklich stickig, das kleine Fenster ließ sich nur kippen und auf dem Teppich entdeckte Nana etliche Flecken. Das Badezimmer war so klein, dass man die Tür kaum hinter sich schließen konnte.

„Nein", entfuhr es ihr laut.

„Nein, die Zimmer sind nicht schön, stimmt. Und leider gibt's hier auch kein Sofa. Wir müssen in einem Bett schlafen. Aber ich schwöre bei Churchill, die Mitte ist die Grenze."

Er setzte sich auf die Bettkante.

„Nein", wiederholte Nana. „Ich kann hier nicht schlafen. Ich finde das Bad eklig, den Teppich, die Gardinen und ich krieg hier keine Luft."

„Aber du wirst doch in etwa gewusst haben, was du buchst."

„Das Hotel hat Phillip gebucht. Gott sei Dank das einzige. Den Rest habe ich übernommen, weil er keine Zeit hatte. Ein großes Projekt jagte das nächste. Einige davon hatten bestimmt große Brüste. Egal." Nana winkte ab. „Das Bett ist deins, ich schlafe im Auto."

„So ein Schwachsinn." Er erhob sich und nahm seine Tasche. „Komm."

„Wohin denn? Ich bin zu müde, um ein neues Hotel zu suchen. Wir müssen das hier ja auch bezahlen. Außerdem ist es schon spät und …"

„Hast du eine Decke im Auto?", unterbrach Lutz sie.

„Eine Decke und einen Schlafsack, ja. Wieso?"

„Gut. Lass uns fahren", forderte Lutz sie auf und öffnete bereits die Hoteltür.

„Wohin denn?", fragte Nana skeptisch.

„Ans Meer. Komm schon."

„Hey, warte." Sie eilte Lutz hinterher, der bereits den Flur in Richtung Ausgang ging. Eine Minute später saßen sie wieder in Nanas Auto.

„Wir fahren gen Zentrum, stellen das Auto am Meer ab, lassen die Fenster einen Spaltbreit geöffnet und schlafen dank des Rauschens selig ein."

„Dürfen wir das?", fragte Nana und fuhr langsam durch die Nacht.

Lutz lachte auf. „Was für eine schöne deutsche Frage! Kennst du diese hervorragende Zeichnung von Perscheid, in der ein Mann über den Gartenzaun blickt und seinen Nachbarn, der sich gerade an einem Baum im Garten erhängen will, fragt: 'Dürfen Sie das?'"

Nana schmunzelte.

„Ich glaube nicht, dass nachts Politessen in dieser Ecke Strafzettel wegen Falschparkens verteilen und ich schätze, uns schleppt auch niemand ab, weil wir im Auto übernachten.

Zumindest sollten wir es drauf ankommen lassen."
„Okay. No risk, no … ich meine natürlich: Wer nicht wagt, der nicht gewinnt", entgegnete Nana.

„Genau. Schau mal, da drüben ist ein nettes Plätzchen." Nana stellte das Auto in der Nähe des Hafens ab. „Jetzt bin ich wieder hellwach." Sie seufzte und blickte durch die Fensterscheibe. „Ich bin komisch, ich weiß. Ich habe es schon als Kind gehasst, in fremden Betten zu schlafen. Bei Klassenfahrten habe ich mir immer meinen eigenen Schlafsack mitgenommen und ihn auf das Bett gelegt. Die erste Nacht war die schlimmste, danach wurde es besser. So ganz hat sich das nie gelegt. Das da eben … ich halte es in so einem Raum einfach nicht aus. Ich bin keine Diva, versteh das nicht falsch. Ich besitze ja noch nicht einmal ein Beautycase!"

„Du musst dich nicht rechtfertigen. Du hast dich unwohl gefühlt, das habe ich gesehen. Und wieso solltest du dich unwohl fühlen müssen, wenn es eine Lösung für dein Problem gibt. In diesem Fall dein Auto." Lutz ließ das Seitenfenster bis zur Hälfte herunter. Die Luft hatte sich abgekühlt. Nana hörte das Meer rauschen und lächelte. „Danke." Lutz konnte nicht ahnen, wie wohl sie sich in ihrem Auto fühlte. Sie hing an diesem Wagen sehr, hatte schon viel mit ihm erlebt und würde ihn fahren, bis er ihr unter dem Po wegrostete oder der Motor auseinanderfiel. Sie rückte den Sitz nach hinten – jetzt konnte sie ihre Beine fast ausstrecken – und ließ die Lehne etwas zurück.

„Sag mal, hast du mir meine Drohung mit der Anzeige eigentlich abgenommen?", fragte Nana ihn unvermittelt. Lutz grinste sie von der Seite an. „Kein Stück."

Es überraschte sie nicht wirklich. „Warum bist du dann mitgefahren?"

„Weil ich dein Angebot so herrlich verrückt fand. Vielleicht inspiriert mich die Reise ja wirklich. Raus aus der Wohnung, aus dem immer gleichen Trott", er zuckte mit den Schultern.

„Das kann nicht schaden."

„Stimmt. Und danke, dass du mitgekommen bist." Sie holte tief Luft. „Ich habe mal eine sehr traurige Nachricht erhalten, als ich alleine unterwegs war. Tausende Kilometer von zuhause entfernt. Seitdem habe ich mit alleine reisen ein Problem." Zu ihrer Erleichterung hakte er nicht nach, sondern nickte nur. Nana blickte durch die Windschutzscheibe hinaus. An die kleine Mauer gegenüber hatte jemand ein Graffiti gesprüht. Eine Hand, die in der Luft schwebte, führte einen kleinen Menschen an den Strippen wie eine Marionette. Nana lächelte unwillkürlich, und Lutz folgte ihrem Blick. „Die Hand ist nicht perfekt, aber schon ziemlich gut gelungen", urteilte Nina. „Die Adern sind gut gesprüht, findest du nicht?"

„Das ist Sachbeschädigung", antwortete Lutz.

„Und Kunst." Lutz nickte.

„Und Kunst."

„In welchem Maß findest du, sollte so etwas bestraft werden?"

Lutz rieb sich sein Kinn. „Ich persönlich würde das von Fall zu Fall entscheiden. Für welchen Ort haben sich die Sprayer entschieden – ein Privathaus zum Beispiel ist inakzeptabel. Aber eine Autobahnbrücke oder eine Mauer … Und dann wäre die Frage: Ist das Bild Kunst oder ist es Mist? Bereichert es oder ist es einfach nur kacke?"

Nana lachte. „Du hast heute zwei Mal 'kacke' gesagt, ts, ts, ts. Es geht bergab mit dir, Herr Autor. Ich kann dir aus eigener Erfahrung sagen: So individuell betrachten Behörden das leider nicht. Mein Bild war grandios. Trotzdem habe ich

Bußgeld und Sozialstunden aufgebrummt gekriegt. Wobei Letzteres im Nachhinein sogar schön war."

Lutz blickte sie überrascht an. „Du hast illegal Graffitis gesprüht?"

Nana grinste.

2001

Jemand musste sie beobachtet und dann die Polizei gerufen haben, so eine verdammte Scheiße. Sie war vorgefahren, weil sie die Einzige war, deren Fahrrad ein funktionierendes Vorderlicht besaß. Hinter ihr traten Lenno und Tobi in die Bremsen, als sie das Blaulicht in der Dunkelheit stumm aufblinken sahen. Sie hörte die geblockten Räder über den Asphalt schleifen, bevor sie zum Stillstand kamen. „So eine verfickte Scheiße, mein Alter bringt mich um", fluchte Tobi. Lenno schwieg wie meistens. Nanas Herz pochte laut in den Ohren. Es würde ihr nichts bringen, den Rucksack in den Graben zu schmeißen, die Polizisten beobachteten sie bereits durch die Windschutzscheibe.

Jetzt stiegen die zwei aus und kamen auf sie zu. Nana taufte sie in ihrem Kopf spontan Humpty und Dumpty, damit sie ihr weniger Angst machten. Rechts war Humpty, links Dumpty. Ihr war erst vor kurzem aufgegangen, dass in dem Kinderreim Humpty Dumpty eine Person war – na ja, Person war nicht ganz richtig. Humpty Dumpty war ein dickliches rundes Ei.

„Guten Abend", sagte Humpty. „Wissen eure Eltern, dass ihr um diese Uhrzeit noch unterwegs seid und Sachbeschädigung betreibt? Öffnet mal bitte eure Rucksäcke."

Dumpty schaltete eine Taschenlampe ein, um den Inhalt überprüfen zu können, was schwachsinnig war, fand Nana, weil sie mit ihren Fahrrädern unter einer Straßenlaterne standen. Humpty und Dumpty nickten zufrieden. „Ihr habt also gemeinsam das alte Bahnhofsgebäude beschmiert."

„Wir haben es nicht beschmiert …", ereiferte sich Tobi sofort, „wir haben es …"

„Halt die Fresse. Halt jetzt einfach mal deine Fresse", meldete sich nun doch Lenno zu Wort, der die Strategie der Polizisten durchschaut hatte.

Nana presste ihre Lippen zusammen und konzentrierte sich darauf, nicht loszuheulen. Denn Heulen würde wie ein Schuldeingeständnis wirken.
„Na, na, na", sagte Dumpty, „so redet man doch nicht mit seinem Freund. Wir hätten gerne eure vollständigen Namen und Adressen." Der Polizist zückte Stift und Block.

Dann ging alles seinen Gang. Sie mussten Sprühdosen und Blackbooks abgeben. Die Eltern wurden benachrichtigt. Eine Stunde später saß Nana ihrer Mutter in der Küche gegenüber. Ihr Vater war auf einer Dienstreise und sollte von diesem nächtlichen Vorfall nie etwas erfahren. Er hätte sich weniger wegen des Graffitis aufgeregt, sondern mehr darüber, dass Nana sich spätabends auf dem abgelegenen Bahnhofsgelände rumtrieb. Das hätte ihn unnötig viele Nächte Schlaf gekostet, was Nanas Mutter ihm ganz pragmatisch ersparen wollte.

„Warum hast du das gemacht?", fragte sie nun ganz ruhig und stellte ihr eine Tasse warmen Kakao auf den Tisch.

Dankbar nahm Nana einen Schluck. Die heiße Schokolade tröstete. „Weil das Gebäude hässlich ist und ich sehen konnte, wie viel schöner es danach aussehen würde."

„Und ist es jetzt so, wie du es dir vorgestellt hast?"

„Fast. Ich hätte mehr Zeit gebraucht. Es ist nicht fertig geworden." Verlegen nahm sie einen weiteren Schluck.

„Komm." Ihre Mutter erhob sich und schnappte sich die Autoschlüssel.

„Wo fahren wir hin?", fragte Nana überrascht.

„Zeig es mir."

Obwohl es schon elendig spät war und Nana am nächsten Morgen zur Schule gehen musste, fuhren sie gemeinsam zum Bahnhof. Ihre Mutter parkte direkt vor dem halb eingefallenen Gebäude, hinter dem eine alte Schienenstrecke verlief. Mit den Scheinwerfern beleuchtete sie die Wand, die Nana und ihre Freunde besprüht hatten.

„Das ist deins", sagte ihre Mutter sofort, als sie auf die äußere Wand blickte. Nana nickte. „Momo und die grauen Männer. Abstrahiert, aber eindeutig erkennbar."

Nana nickte wieder. „Du siehst …"

Nun nickte ihre Mutter, während sie mit schräg gehaltenem Kopf konzentriert auf das Bild schaute. „Ja, die grauen Männer, sie sind noch nicht fertig. Momo hingegen … ganz ausgezeichnet, Nana. Wirklich gut."

„Ich bin mit den Haaren nicht zufrieden."

„Ganz zufrieden musst du auch nicht sein. Das sind Künstlerinnen selten. Es ist diese Unzufriedenheit – die Suche nach Perfektion – die sie häufig antreibt."

„Du bist also nicht sauer?", fragte sie leise und senkte den Kopf. Ihre Mutter drehte sich zu ihr. „Nein. Du hast Talent, Nana. Aber du darfst nicht mehr an Wände malen, die dir nicht gehören. Das ist Sachbeschädigung. Und Papa und ich haben keine Lust, dich im Knast zu besuchen."

„Du meinst, ich komme …", Nana weitete voller Furcht die Augen. Doch ihre Mutter lachte. „Das war ein Scherz. Du wirst eine Zeitlang kein Taschengeld bekommen, denn ich schätze, das gibt ein

saftiges Bußgeld, und wenn du Pech hast, musst du Sozialstunden ableisten. Aber was das angeht, habe ich schon eine gute Idee", sagte sie mehr zu sich selbst als zu Nana. „Morgen Nacht stellst du die grauen Männer fertig. Ich stehe Schmiere."

„Mama!"

Ihre Mutter gab ihr einen Kuss auf den Kopf. „Ein unvollendetes Werk ist unbefriedigend. Zahlen müssen wir so oder so. Und du hast recht: Die Wand ist jetzt viel schöner."

„Die Mutter hast du doch erfunden!" Lutz grinste.

„Das Beste kommt noch: Sie hat dafür gesorgt, dass ich die Sozialstunden in einem Altenheim ableisten konnte. Und weißt du, worin dort meine Aufgabe bestand?" Er blickte sie mit hochgezogenen Augenbrauen an. „Der Innenhof, in dem die Bewohner einen kleinen Kräutergarten angelegt hatten, war von einer Mauer umgrenzt. Die Leiterin des Altenheims bat mich, die kargen Steine mit einem Bild zu verschönern. Ich sollte ihnen eine fette Blumenwiese darauf sprühen, die sich über die gesamte Mauer erstreckt." Nana lächelte. „Ich habe bedeutend mehr Stunden dort verbracht, als ich hätte ableisten müssen. Und als das Bild fertig war, hatte ich neue Freunde gewonnen. So lange ich zur Schule gegangen bin, hab ich Hanna, Charlotte und Hugo einmal in der Woche besucht. Bei schönem Wetter haben wir draußen im Garten gesessen, Kaffee getrunken und Rommé gespielt." Sie gähnte, und Lutz holte die Decke und den Schlafsack aus dem Kofferraum. „Das", sagte er, als sie sich beide zugedeckt hatten, „ist eine wirklich schöne Geschichte."

„Du darfst sie gerne verwenden, wenn du willst", sagte Nana schläfrig und lauschte noch für einen kurzen Moment dem Meer, bevor ihr die Augen zufielen.

Ein lautes Hämmern riss sie fünf Stunden später jäh aus dem Schlaf.

NEONGELB

Nanas Herz pochte in ihrem Hals. Was war das für ein Ballern? Sie öffnete die Augen und blickte in das Gesicht einer Polizistin. Die klopfte erneut an das Seitenfenster und bedeutete ihr, die Scheibe herunterzulassen. Auch Lutz war hochgeschreckt und blickte irritiert in ihre Richtung. Hektisch ließ sie das Fenster herunter.

„Bonjour, Madame, Monsieur, tout va bien là-dedans?“ Nana blickte fragend zu Lutz, der am Abend zuvor in fließendem Französisch ihr Essen bestellt hatte. Er versuchte in seinem zurückgedrehten Sitz Haltung zu gewinnen. „Oui, merci, Madame.“ Er räusperte sich. „Tout va bien. Nous sommes de passage et nous avons dormi quelques heures dans la voiture.“

Die Polizistin entgegnete etwas, und es klang nicht wie eine Frage.

„Ich habe ihr erklärt, dass wir auf der Durchreise sind und ein paar Stunden im Auto geschlafen haben. Sie sagt, wir stehen im Parkverbot. Sie möchte die Papiere sehen, Warnweste und Warndreieck“, übersetzte Lutz.

Nana wurde heiß und kalt. Sie nahm ihr Portemonnaie aus der Mittelkonsole und griff nach dem Führerschein und Fahrzeugschein. „Habe ich nicht“, sagte sie währenddessen kleinlaut.

„Was hast du nicht?“

„Warnweste. Dreieck ist im Kofferraum.“

„Nana, selbst in Deutschland ist das Mitführen einer Warnweste Pflicht!“

„Ich weiß. Kalle hat mir das auch gesagt. Ich hab's vergessen. Das Kofferpacken war so einnehmend.“

„Einnehmend? Und wer ist Kalle?“, fragte Lutz und winkte sogleich ab.

Nana reichte der Polizistin ihre Papiere und zeigte ihr im Kofferraum das mitgeführte Warndreieck. Mittlerweile war auch Lutz ausgestiegen und sprach erneut mit der Polizistin. „Das macht dann 90 Euro für die fehlende Warnweste“, fasste Lutz zusammen. „Über das Parkverbot schaut sie freundlicherweise hinweg, weil sie am Nummernschild gesehen hat, dass wir aus Bielefeld kommen.“

„Das heißt, sie glaubt, es gibt uns gar nicht?“ Nana grinste.

„Nein, sie hat früher an einem Schüleraustausch teilgenommen. Der hat sie zu einer sehr netten Familie nach Bielefeld geführt.“

Nana lächelte die Polizistin an. „Die Welt ist klein.“ Als sie ihre Schulden beglichen und die Angestellte der *Police Municipale* ihnen eine gute Weiterreise gewünscht hatte, ließ sich Nana auf ihren Fahrersitz plumpsen. „Ich bin noch total verballert. Ich brauche als erstes einen Kaffee, um klarzukommen. Und du lagst falsch.“

„Womit?“

„Sie verteilen sehr wohl Knöllchen wegen Falschparkens.“

„Touché. Aber wir wären billiger davon gekommen, wenn du eine Warnweste dabei gehabt hättest.“

Nana winkte ab. „Ja, stimmt. Ist auch egal. Alles ist besser als eine Übernachtung in diesem schrecklichen Hotel. Wie spät ist es überhaupt?"

„Zwei Minuten vor sechs."

„Das ist früh."

„Und das ist gut. Damit sind wir früher in England als gedacht und können entspannt eine Zwischenetappe einlegen. Hast du jemals Stonehenge besichtigt?"

„Nein. Ich kenne es nur aus meinem Schulbuch. Super Idee. Ab ins Hotel, Morgentoilette, auschecken, und los geht's nach Stonehenge!" Nana war Feuer und Flamme. „Aber, halt! Vorher muss ich noch etwas …" Sie stieg rasch aus, stellte das Warndreieck neben dem Auto auf und schoss ein Foto, auf dem das Dreieck, ein Teil des Wagens und im Hintergrund das Meer abgebildet waren. Als sie halb auf der Straße lag, um den perfekten Winkel zu finden, stand plötzlich Lutz hinter ihr.

„Was machst du da?"

„Ich schaffe Erinnerungen."

„Die schafft man im Kopf und im Herzen, dachte ich." Nana seufzte. Auch wenn sie ihn häufig als schnippisch und zynisch empfand, gab er nicht selten kluge Dinge von sich. „Ja, stimmt. Aber auf diesem Weg können wir auch Yasemin daran teilhaben lassen", entgegnete sie und lud das Bild auf Instagram hoch.

Lutz blickte über ihre Schulter auf das Handy.

„nanas_kaleidoskop. Das ist ein schöner Name."

ZIPFELMÜTZENROT

Die Fahrt durch den Eurotunnel hatte reibungslos geklappt. Nana hatte währenddessen eine kindliche Aufregung verspürt. „Ich liebe es, etwas zum ersten Mal zu machen. Das passiert, je älter man wird, immer seltener. Also bei dir mittlerweile wohl höchstselten", neckte Nana Lutz. Der Linksverkehr forderte ihr besonders beim Abbiegen höchste Konzentration ab, aber es fühlte sich nicht so schlimm an, wie sie es befürchtet hatte. Und bald schon würde sie ihre nächste Premiere feiern, wenn sie die sagenumwobenen Steine zu Gesicht bekäme. Doch plötzlich, hinter der nächsten langgezogenen Kurve, wartete eine ungebetene Überraschung auf sie. „Das kann nicht wahr sein! Wir sind doch kurz vorm Ziel!"

Lutz, der neben Nana eingeschlafen war, schreckte hoch und rieb sich die Augen. „Was ist denn los?"

„Eine Schafherde ist los!" Ungläubig blickte Nana auf das Spektakel vor sich. Sie rollte mit dem Wagen langsam aus, bis sie endgültig stand. Das aufgeregte Blöken der Tiere auf dem

Motorway war durch die geschlossenen Fenster klar und deutlich zu hören.

„Das kann dauern. Sind bestimmt um die 200 Schafe", schätzte Lutz und gähnte ausgiebig.

„Schön. Ich muss schon seit Leatherhead aufs Klo." Nana lehnte ihren Kopf ans Seitenfenster.

„Interessante Zeitangabe." Lutz lachte und öffnete die Tür. „Ich muss mich recken."

Nana seufzte, stellte den Motor ab und stieg ebenfalls aus. „Da sind ganz schön viele Schwarze dabei", stellte sie fest. Lutz nickte. „Es kommt bestimmt gleich der Schäfer."

„Excuse me", vernahm Nana eine Stimme im Rücken und drehte sich um.

„Hi, I'm Baker. Baker Linskey." Ein Mann, Mitte 50 vielleicht, mit Wohlstandsbauch, lehnte an einem Pick-up, schaute freundlich zu ihnen herüber und deutete auf ihr Kennzeichen. „Ich sehe, ihr kommt aus Deutschland. Ich bin ein großer Deutschland-Fan!"

Deutschland-Fan. „Wirklich?", fragte Nana auf Englisch ungläubig zurück. Sie war immer überrascht, wenn jemand im Ausland positiv über Deutschland sprach.

„Oh, ja, ich war auch schon einige Male dort. Und als Student habe ich ein Semester an der Uni in Aachen studiert. Woher kommt ihr?", fragte er über das Blöken der Herde hinweg.

„Bielefeld. In der Nähe von Hannover", entgegnete Nana laut.

„Ah, Arminia Bielefeld!" Baker lachte und streckte seinen Daumen. Er kam zu ihnen herüber. „Ich habe zwei große Leidenschaften, eine davon ist Fußball. Ich verfolge alle europäischen Ligen."

Nun mischte sich auch Lutz ins Gespräch ein. „Und für welchen englischen Verein schlägt dein Herz?"

„Liverpool“, sagte Baker. „Jürgen Klopp“, setzte er begeistert hinterher und schlug dabei mit der Faust auf sein Herz. Das Jürgen klang wie Jörgen.

„In ein paar Tagen planen wir eine Stadiontour!“, entgegnete Lutz begeistert.

„Ach, tun wir?“ Nana hörte davon zum ersten Mal und blickte ihren Beifahrer amüsiert an.

„Hört mal, ich kenne den Halter der Schafherde: Ian.“ Baker blickte auf die Uhr. „Er hat gestern Abend wieder vergessen, das Gatter zu schließen und wird um diese Uhrzeit noch seinen Rausch ausschlafen. Wahrscheinlich versucht die Polizei gerade, ihn zum Aufstehen zu bewegen. Das kann dauern. Beim letzten Mal waren's drei Stunden. Ich befürchte, dieses Mal kommt auf Ian eine saftige Strafe zu. Sei's drum. Da vorne“, er deutete mit seiner Hand um die Kurve, die nur wenige Meter vor ihnen lag, „ist schon die nächste Abfahrt. Wenn wir langsam auf dem Standstreifen fahren, kommen wir da runter. Meine Frau und ich wohnen nur zehn Minuten entfernt, und ich möchte euch gerne auf einen Tee einladen, wenn ihr Lust habt. Wir freuen uns immer sehr über Besuch aus Deutschland!“

Lutz blickte fragend zu Nana. Die wandte sich daraufhin mit einem Lächeln an Baker: „Das ist sehr freundlich, die Einladung nehmen wir natürlich gerne an.“

„Fantastisch! Folgt mir!“ Baker ging zu seinem Auto zurück und fuhr wenige Sekunden später langsam an ihnen vorbei.

„Wenn Baker gleich Earl Grey auftischt, darfst du meine Tasse mittrinken“, kündigte Nana an und fuhr ihm nach.

„Kein Problem.“ Lutz blickte aus dem Seitenfenster auf die Schafe, die Nanas Toyota anblökten, sich aber nicht heranwagten. Vorsichtig lotste sie den Wagen vom Motorway hinunter.

Als Nana und Lutz eine Viertelstunde später in einer ländlichen Gegend vor dem Haus des Engländers stoppten, sprang sie sofort Bakers zweite Leidenschaft an.

„Welcome to my kingdom!“ Stolz breitete Baker seine Arme im Vorgarten aus.

„Wow!“ Nana schloss die Autotür und konnte ihren Blick nicht vom Garten abwenden. „Darf ich?“, fragte sie und deutete auf die Kamera ihres Handys.

„Selbstverständlich.“

Eine Heerschar von Gartenzwergen tummelte sich in Bakers Garten. Kleine, große, moderne, alte, grelle, steingraue. Ein angelnder Zwerg stand an einem kleinen Teich, an einem Apfelbaum hing ein sitzender Gnom auf einer Schaukel und blickte vergnügt drein. Drei Zwerge saßen um einen Fliegenpilz, einer las Zeitung, einer rauchte, der dritte hielt eine Tasse in der Hand. Vom Rasen war vor lauter kleinen und großen Zwergen kaum noch etwas zu sehen.

„Schau mal der. Falscher Verein.“ Lutz deutete auf einen Zwerg im Trikot des FC Bayern München.

Nana zog die Luft scharf durch die Zähne ein. „Autsch. Sollen wir den Tee doch ausschlagen?“ Sie zwinkerte ihm zu und folgte Baker ins Haus, der ihnen sogleich eine Führung durch seine beeindruckende Sammlung nach der Teezeit versprach.

„Mary, wir haben Besuch aus Deutschland“, rief er durch den Flur. Sekunden später tauchte eine sympathisch aussehende Frau im Türrahmen der Küche auf und schaute Nana und Lutz überrascht an. „Oh, wie reizend. Bitte, kommen Sie doch herein.“ Sie führte Nana und Lutz ins Wohnzimmer und die beiden nahmen auf dem Sofa Platz, während Baker seiner Frau die Geschichte ihrer Zufallsbekanntschaft erzählte.

„Ach, der alte Ian. Unverbesserlich!“ Mary Baker lachte und verabschiedete sich anschließend in die Küche, um Tee zu kochen. Ihr Mann folgte ihr und kam wenig später mit einem Tablett zurück. Baker stellte eine Kanne Tee, vier Tassen, ein Milch- und ein Zuckerpöttchen auf den Tisch. „Ich hoffe, ihr mögt Darjeeling?“ Er goss die bernsteinfarbene Flüssigkeit in die Tassen.

Nana strahlte ihn an. „Sehr sogar.“ Im Wohnzimmer, das gemütlich mit einem bunten Sammelsurium an Möbeln eingerichtet war, entdeckte sie lediglich zwei holzhackende Zwerge, die neben dem Kamin platziert waren.

„Mary macht gerade noch ein paar selbstgemachte Scones für euch warm.“ Er setzte sich ihnen gegenüber in einen dunkelgrünen Ohrensessel. „Lasst mich raten, ihr wart auf dem Weg zu unserem berühmten Stonehenge.“

„Richtig.“ Nana nickte. „Als Zwischenstopp. Wir fahren heute noch bis Stratford-upon-Avon. Da haben wir unsere nächste Unterkunft gebucht. Wir sind auf einer Rundtour durch England und Schottland.“

Mary brachte aus der Küche einen herrlichen Duft mit. „Die Scones sind teils mit und teils ohne Rosinen gebacken.“ Sie stellte eine dreistöckige Etagere mit dem Gebäck und kleinen Töpfchen mit Clotted Cream und Marmelade auf den Tisch. „Hmh, das sieht ja köstlich aus.“ Nanas Magen knurrte, und sie nahm sich auf einem kleinen Teller einen Scone mit einem Klecks Marmelade. Auch Lutz griff zu

.„Schatz, wir sollten auch mal wieder nach Deutschland fahren!“

Mary lächelte verhalten und nahm einen Schluck Tee.

„Das ist ja eine wirklich beeindruckende Sammlung, die ihr dort im Garten stehen habt!“, wechselte Nana das Thema. „Wie viele Gartenzwerge besitzt ihr?“

„Das ist Bakers Sammlung“, antwortete Mary knapp. „Ich habe damit nichts zu tun.“

„3124“, entgegnete der. „Noch. Ich hatte schon 3300, aber seit einigen Monaten sind in diesem Haus dunkle Kräfte am Werk.“ Er hob den Zeigefinger. „Kommt mal mit!“ Höchst ungern ließ Nana den köstlichen Scone zurück auf den Teller plumpsen und folgte zusammen mit Lutz ihrem Gastgeber in den Keller.

„Wahnsinn!“, entfuhr es Nana, als Baker die Tür zum Zwergenland geöffnet hatte. Ein riesiger Kellerraum beherbergte die imposante Schatzsammlung des Engländers. Die Gartenausstellung war offensichtlich nur die Spitze des Eisbergs. Die Zwerge hier unten waren nicht einfach nur in Regalen untergebracht. Baker hatte ihnen ein ganzes Dorf gebaut: Kleine Häuser – mal mit Spitzdach, mal in Pilzform – eine Zwergenschule, in der der Nachwuchs auf Bänken hockte und dem Lehrer an der Tafel lauschte, ein Bahnhof mit einem Schaffner, der eine Pfeife in der Hand hielt. Vorsichtig bahnte sich Nana ihren Weg durch das Dorf. Vor einer Kirche hatte Baker eine Hochzeitsgesellschaft aufgebaut. Unter einem Baum saß eine strickende Oma in einem Schaukelstuhl. Nanas Gedanken wanderten vor zur Isle of Skye. In nur wenigen Tagen würde sie endlich ihre Oma wieder in die Arme schließen können. Elsa allerdings strickte nicht. Dafür stickte sie leidenschaftlich, und zwar Namen und Blumen. Es gab kaum ein Stück Stoff in Elsas Haus, das nicht bestickt war. Als sich Elsa vom Schlimmsten erholt hatte, ließ sie sich als erstes ihre Sticksachen ins Krankenhaus liefern, wie sie ihrer Enkelin später erzählt hatte.

Ihr Gastgeber hatte viel Liebe und Hingabe in sein Zwergendorf gesteckt, jede Figur war sorgsam platziert. Nana nahm ihr Smartphone aus der Hosentasche. „Darf ich oder herrscht hier im Dorf Fotoverbot?"

„Nein, nein, schieß nur! Ab und zu gebe ich private Führungen, da sind Fotos auch erlaubt. Da hinten geht's weiter. Ich habe aus zwei Kellerräumen einen gemacht. Gartenzwerge sind gesellige Wesen. So konnte ich ihnen ihr eigenes Dorf bauen." In seiner Stimme schwang Stolz mit. Nana ging an einer kleinen Feuerwehrwache vorbei. „Hast du einen Lieblingsgartenzwerg?"

„Das wäre, als wenn du mich fragen würdest, ob ich ein Lieblingskind habe." Er lachte. „Nein, ich liebe sie alle. Mit jedem verbinde ich eine eigene Geschichte." Baker hob einen Gartenzwerg mit roter Zipfelmütze hoch, der eine hellblaue Jacke mit kleinen Ornamenten trug. Er hielt eine Laterne in der Hand und Baker hatte ihn an einem Miniaturzechenturm platziert. „Dieser kleine Mann kommt aus Deutschland", sagte Baker. „Balduin der Ältere", nannte er den Zwerg beim Namen. „Ich habe ihn in Gräfenroda in Thüringen gekauft. Bei einem traditionsreichen Unternehmen, das schon seit dem 19. Jahrhundert in vierter Generation Gartenzwerge herstellt." Er nickte stolz. „Das ist keine billige Plastikware, sondern liebevoll aus Ton gefertigt und handbemalt."

„Ach, guck", wandte sich Nana zu Lutz. „Da muss ich erst bis nach England fahren, um was über die Gartenzwerghochburg im eigenen Land zu erfahren."

Am Ende des Dorfes erblickte Nana ein Bett. In Menschengröße.

„Seit sie zum zweiten Mal eingebrochen sind, schlafe ich im Keller", erklärte Baker grimmig.

„Wann wurde hier eingebrochen?", hakte Lutz nach.

„Vor anderthalb Jahren zum ersten Mal, vor zehn Monaten zum zweiten Mal. Sie sind durch das Kellerfenster gekommen und haben über 150 Zwerge auf einen Schlag erbeutet." Er deutete auf das mittlere Fenster. „Beim zweiten Einbruch haben sie einen meiner Männer fallengelassen. Joe." Er seufzte. „Von dem Lärm bin ich wachgeworden und nach unten gerannt. Aber ich war zu langsam. Die feigen Diebe sind samt der Beute entwischt." Der Verlustschmerz stand ihm ins Gesicht geschrieben. „Ich werde Gitterstäbe vor die Fenster bauen, aber im Moment habe ich so viel Arbeit, dass ich nicht dazu komme. Also schlafe ich hier. Oder wache, besser gesagt." Er zeigte auf den Baseballschläger, der halb unter dem Bett hervorlugte.

Nana blickte Lutz ungläubig an. „Ich gehe mal wieder hoch zu Mary, ihre Scones sind einfach zu köstlich!" Lutz nickte. „Wir kommen gleich nach."

Mary saß noch im Wohnzimmer, nippte an ihrer Tasse Tee und lächelte Nana freundlich an, als sie sich wieder zu ihr gesellte.

„Ich habe noch nie so gute Scones gegessen", startete Nana die Konversation.

„Das freut mich", entgegnete Mary höflich.

„Sie mögen keine Gartenzwerge, oder?" Nana biss sich auf die Lippe. Das war unhöflich und grenzüberschreitend. „Entschuldigung, das geht mich gar nichts an", stammelte sie schnell hinterher.

Mary stellte ihre Tasse sorgfältig auf die Untertasse und räusperte sich. „Ist schon gut." Die beiden Frauen blickten schweigend aus der Terrassentür auf die Gartenzwerge. „Ich habe ihm vor 20 Jahren seinen ersten Gartenzwerg geschenkt. Damit fing alles an." Nun schaute sie Nana an. „Knapp 60 000 Pfund stecken in dieser Sammlung." Nana schluckte. „Jeden Winter kostet es Baker Wochen, die Gartenzwerge von draußen winterfest zu machen. Jeder einzelne wird abgewaschen, abgetrocknet, eingepackt und in unseren Schuppen gelegt. Und jeden Frühling kostet es ihn Wochen, alles wieder aufzustellen, bis es für ihn perfekt ist." Sie seufzte. „Wenn wir einen Urlaub planen, sucht er das Ziel danach aus, wo man besondere Gartenzwerge erstehen kann. Wenn ich Deutschland höre, stellen sich mir die Nackenhaare hoch. Baker liebt es, in Ihrem Land Urlaub zu machen. Kennen Sie den Zwergenpark Trusetal?"

Nana schüttelte den Kopf. „Tut mir leid, ich hab's nicht so mit Zwergen."

„Seien Sie froh."

Jetzt mussten die beiden Frauen lachen.

„Ich liebe Baker. Aber die Gartenzwerge stehen zwischen uns. Vor vier Jahren war ich kurz davor, mich zu trennen. Als er den Durchbruch unten im Keller machte, dachte ich: Jetzt reichts! Doch er hat mich angefleht zu bleiben und hat sogar die Gartenzwerge aus unserer Wohnung verbannt. Bis auf die da." Sie zeigte zum Kamin. „Das ist unsere Regel. Keine Zwerge bis auf die dort in den Wohnräumen." Sie goss Tee nach. „Kennen Sie die *Front zur Befreiung der Gartenzwerge*?", flüsterte sie nun. Nana schüttelte den Kopf und war sich nicht sicher, ob sie richtig gehört hatte. Eine Front zur …

„Ich dachte, die könnte die Lösung sein, um Garten und Haus zurückzuerobern und hab sie kontaktiert. Es stellte sich heraus, dass die auch ein paar aktive Mitglieder in England haben. Ich habe meiner Kontaktperson unsere Adresse genannt und sie angefleht, so viele Gartenzwerge aus unserem Garten und unserem Keller zu befreien, wie sie nur können. Jeden Abend habe ich ein Kellerfenster offengelassen, in der Hoffnung, dass sie kommen. Mittlerweile waren sie dreimal da. Beim letzten Mal hat Baker es leider mitbekommen." Ihr Blick senkte sich. „Seit fast einem Jahr schläft er nun dort unten und wacht über seine Zwerge. Und ich schlafe oben allein in unserem Ehebett! Jetzt bleibt mir nur noch, ab und zu selbst ein paar aus dem Garten zu entsorgen. Ich werfe sie nicht in den Müll", setzte sie schnell hinterher. „Ich verschenke sie! Und so gehen sie auf Reisen quer durch die Welt." Die Männerstimmen wurden lauter, Baker und Lutz kamen aus dem Keller zurück. Mary nahm ihre Tasse Tee in die Hand und spreizte den kleinen Finger ab.

Nach einer Viertelstunde, in der Nana einen weiteren Scone verdrückt und Lutz und Baker sich über die Premier League und Bundesliga ausgetauscht hatten, verabschiedeten sie sich voneinander. Baker verließ das Haus zusammen mit ihnen, weil er noch einen Termin hatte und winkte ihnen aus seinem Pick-up zum Abschied freundlich zu. „Es war schön, euch kennenzulernen. Gute Reise und bleibt gesund", rief er aus dem geöffneten Fahrerfenster. Nana startete den Wagen und wollte gerade Gas geben, als Mary an ihr Fenster klopfte. Sie hielt einen Gartenzwerg in der Hand. „Das ist Marvel. Er soll Ihnen auf Ihrer Reise Glück bringen."

Marvel trug ein Spiderman-Kostüm, doch sein Gesicht war klassisch Gartenzwerg, und das ließ ihn herrlich widersprüchlich erscheinen. Nana schloss ihn auf Anhieb ins Herz.

„Mary, das ist ungemein freundlich, doch ich könnte mir vorstellen, dass Ihr Mann wenig begeistert ist, wenn Marvel in seiner Sammlung fehlt?", wandte Lutz ein.

Nana, seinen Einwand ignorierend, nahm den Zwerg durch das Fenster entgegen und reichte ihn an Lutz weiter. „Danke, Mary. Er wird es gut bei uns haben. Wir zeigen ihm viele schöne Orte."

Mary nickte dankbar, klopfte zum Abschied auf die Fensterkante und kehrte ins Haus zurück. „Kennst du die *Front zur Befreiung der Gartenzwerge*?", fragte sie Lutz, während sie anfuhr. „Nein. Kennst du die *Internationale Vereinigung zum Schutz der Gartenzwerge*?" Er drehte und wendete Marvel in seinen Händen.

Nana prustete los. „Hat dir Baker davon erzählt?"

Lutz nickte. „Die hat wohl Fritz Friedmann, ein Basler Original, irgendwann in den 1980er Jahren gegründet. Er ernannte sich auch selbst zum Professor für Zwergenkunde, pardon, Nanologie. Er ist 2012 verstorben. Baker erzählte, er überlege, in Friedmanns Fußstapfen zu treten und eine neue Vereinigung für die Gartenzwerge zu gründen. Jemand müsse schließlich eine Lobby für sie schaffen."

„Oh, mein Gott. Dann wird Mary ihn endgültig verlassen." Sie erzählte Lutz von dem Gespräch mit Bakers Frau. „Irre, oder? Wenn das nicht guter Stoff für eine Geschichte ist." „Wie sollte sie ausgehen?", fragte Lutz.

Nana überlegte kurz. „Gute Frage. Spontan würde ich einen großen Showdown im Garten mit imposanter Szenerie vorschlagen. Überall stehen die Gartenzwerge in ihrer unglaublich farbenfrohen Vielfalt und bilden langsam einen Kreis um die beiden Protagonisten, denn sie wissen: Der Ausgang des Kampfes bestimmt ihr weiteres Schicksal. Mary trägt eine Krone und einen geflochtenen Haarkranz. Auf ihrer Rüstung prangt in metallenen Buchstaben das Credo Free the Gnomes. Der Wind weht eine Strähne von Bakers langem dunklen Haar in sein sonnengegerbtes Gesicht, und in seinen Augen spiegelt sich tiefe Entschlossenheit. Auch er trägt eine Rüstung. Ich denke da an einen Schwertkampf. Finde ich eleganter als Baseballschläger. Die Gartenzwerge, die in Gefangenschaft geboren und auf Sicherheit bedacht sind, hoffen, Baker möge gewinnen. Die, die noch den Geschmack von Freiheit auf ihren kleinen Zungen schmecken und bei denen die Abenteuerlust durch ihre Keramikadern fließen, wünschen sich nichts sehnlicher, als dass Mary als Siegerin aus dem Kampf hervorgeht."

Lutz lachte. „Vielleicht solltest du ein Drehbuch schreiben."
„Nein, danke. Meine Leidenschaft galt immer den unbewegten Bildern."

„Wieso galt?“, hakte er nach.

„Tja, wieso? Wieso?“, wiederholte Nana noch einmal mehr für sich, und so vieles schoss ihr dabei durch den Kopf – Phillip, Elsa, das Virus, die Beförderung, die sie annahm, um Elsa unterstützen zu können, die Zweifel, der geplatzte Vertrag … Aber stimmte es überhaupt, das *galt*? War es nicht vielmehr immer noch ein *gilt* – nur eben ein *gilt*, das irgendwie verschüttet worden war, das blass und schwach zwischen den ganzen Trümmern saß und wartete. Darauf wartete, dass sie endlich die Steine wieder beiseite legte und stattdessen richtig … „Ein anderes Mal“, sprach sie laut aus, um den inneren Monolog zu beenden, lauter, als es ihre Absicht gewesen war.

„Nun gut. Wie dem auch sei. Das“, er deutete auf das jungsteinzeitliche Stonehenge, das soeben vor ihnen aufgetaucht war, „ist in jedem Fall ein faszinierendes Bild, das du für deinen – wenn auch überflüssigen – Kanal festhalten solltest.“

Nana parkte abrupt am Straßenrand. „Halt Marvel vor die Windschutzscheibe“, bat sie. „So, dass ich ihn und Stonehenge aufs Bild kriege.“

„Das ist künstlerisch nicht wertvoll.“

„Pft. Das soll es auch nicht sein. Sondern lustig.“

„Das ist auch nicht lustig.“

„Weißt du überhaupt, was lustig ist? Ich habe dich bislang als recht humorbefreit erlebt“, konterte Nana.

Lutz lachte. „Das find ich lustig. Ich dich nämlich auch.“

„Sieh an. Damit besitzen wir eine weitere Gemeinsamkeit. Vielleicht steht die Reise doch unter einem guten Stern, Herr Autor. Und jetzt lass uns Stonehenge besichtigen. Ich mag Steine.“

G R Ü N

„Marvel wirkt etwas müde." Nana schaute durch den Rückspiegel auf den Gartenzwerg. Brav angeschnallt saß er dort, den Blick nach vorne gerichtet, wie immer freundlich lächelnd. „Auch wenn er es nicht zeigt, glaube ich, dass er beleidigt ist, weil du ihn angeschnallt hast. Superhelden müssen sich nicht anschnallen. Stimmt's, Marvel?"
„Du redest mit einem Gartenzwerg? Du benötigst dringend eine Pause. Aber es war ja auch ein langer und aufregender Tag", entgegnete Lutz.

„Ich gebe zu, ich freue mich auf eine heiße Dusche und gutes Essen."

„Gutes Essen? Du weißt, dass du dich in England befindest, richtig?"
Nana lachte. „Das Hotel in Stratford-upon-Avon habe ich gebucht. Glaub mir. Da bekommen wir ein anständiges Menü." Sie blickte auf die Uhr im Display. „In einer Stunde sollten wir da sein."

„'Die rauhen Weg und hohen wilden Hügel ziehn unsre Meilen mühsam in die Länge, doch euer schön Gespräch macht, wie ein Zucker, den schweren Weg süß und vergnüglich mir.'"

Nana wandte ihren Blick kurz von der Straße ab und blickte Lutz entgeistert an. „Bitte nicht."

„Ich zitiere den großen Meister Shakespeare, und deine Reaktion ist 'bitte nicht'? Hör mal, wir fahren gerade an seinen Geburtsort!"

„Shakespeare hat mir meinen Abi-Durchschnitt versaut!"

„Da muss ich den William jetzt aber in Schutz nehmen. Dein Lehrer hat dir den vielleicht versaut. Oder du, weil du nicht gelernt hast. Aber lass William da raus." Lutz hob mahnend den Zeigefinger. „Denn: 'an sich ist nichts weder gut noch böse; Das Denken macht es erst dazu.'"

„Boah, Lutz! Jetzt auch noch Hamlet. Genau den hatte ich in der Klausur."

Er lachte. „Wieso planst du einen Zwischenstopp bei Shakespeare, wenn du noch nicht einmal zwei Zitate von ihm ertragen kannst?"

„Ich fahre für Elsa dorthin. Denn es gibt in Stratford einen Ort, an dem immer Weihnachten ist."

„'Wer Rätsel beichtet, wird in Rätseln losgesprochen.'"

„Auch Hamlet?"

„Romeo und Julia."

„Hmh. Du wirst schon sehen. Morgen löse ich das Rätsel. Und bis dahin schmück dich nicht mit fremden Federn. Zitier lieber aus deinem eigenen Buch. Das habe ich gerne gelesen." Lutz blickte aus dem Fenster und kratzte sich am Kopf. „Ist das deine Art 'Der Rest ist Schweigen' zu zitieren?", fragte Nana schließlich in die Stille hinein.

Er räusperte sich. „Du hast mein Buch gelesen?" „Ja. Dafür ist es gedacht, oder? Das Internet hat mir sogar verraten, dass ich nicht die Einzige gewesen sein kann. Dein Buch stand damals wochenlang auf den Bestsellerlisten. Es müssen also verdammt viele gelesen oder zumindest gekauft haben."

„Du hast mich gestalkt?"

„Ich habe dich ... was?", entgegnete Nana empört. „Nachdem ich von Yasemin erfahren hab, dass du mich mit der Wohnungsanzeige betrogen hast und Menschen benutzt, damit dich endlich wieder die Muse küsst", sie schnaubte hörbar aus, bevor sie fortfuhr, „habe ich deinen Namen gegoogelt, um zu schauen, was für ein Mensch du bist."

„Aha. Und was bin ich für ein Mensch?"

„Das sage ich dir abschließend, wenn diese Reise beendet ist. Im Moment bist du ein anstrengender Mensch", entgegnete sie schnippisch.

„Was genau hat dir an meinem Buch gefallen?", nahm Lutz nach einigen Kilometern, die sie schweigend zurückgelegt hatten, den Faden wieder auf.

Sie dachte kurz nach. „Wie liebevoll du deine Hauptfigur zeichnest. Sie ist wunderbar schillernd und so herrlich rund mit all ihren Fehlern. Du schenkst dem Jungen Raum, um zu wachsen. Und er wächst. Nicht ohne Schmerzen. Nicht ohne Rückschläge. Wie es im echten Leben eben so läuft. Aber du schenkst Hoffnung."

„Hoffnung worauf?"

„Dass Schmerzen gut sein können."

„Ich kann mich nicht dran erinnern, ein Sado-Maso-Buch geschrieben zu haben."

Nana lachte. „Lass es mich anders formulieren: Manchmal muss es erst wehtun, damit es besser wird."

„Dafür wirfst du bitte fünf Euro ins Phrasenschwein."

„Okay, letzter Versuch. Er lernt irgendwann, loszulassen. Auf mehreren Ebenen. Und das ist eine Eigenschaft, die sein Leben bedeutend ... leichter macht. Und diese Leichtigkeit, dieses Aufzeigen einer Möglichkeit, dass vieles leichter sein könnte, die hat mich dein Buch mit einem hoffnungsvollen Gefühl zuschlagen lassen."

„Einfacher, nicht leichter", korrigierte Lutz.

„Gott, was bist du für ein notorischer, nerviger Besserwisser. Gib's zu, du hast keine Freunde, oder?"

„Ich habe Churchill." Er lächelte schelmisch. „Und im Notfall erschreibe ich mir einen Freund."

EISENSCHWARZ

Nana schöpfte Schaum aus dem Badewasser und pustete ihn anschließend wieder von den Händen. Sie seufzte wohlig und tauchte ihre Haare ins warme Wasser. Was für ein Glück! Ein kostenfreies Upgrade in die Junior Suite. Der Reiseengel meinte es gut mit ihnen. Sie genoss ihr Bad in dieser wunderschönen, freistehenden Wanne mit ihren schweren, eisernen Füßen und fühlte sich wie eine Königin. Lutz hatte sich auf einen ersten Rundgang durch die Stadt verabschiedet. In einer Stunde würden sie sich unten im Restaurant treffen. Nana nahm noch mehr vom Schaum, der so angenehm nach Lavendel duftete, und rieb ihn sich über die Arme und ihre Brüste. Bevor sie einzuschlafen drohte, duschte und trocknete sie sich schließlich ab und machte es sich in einem weichen Bademantel auf dem Doppelbett bequem. Alles in diesem Raum war so wunderbar sauber, stimmig und schenkte ihr ein gutes Gefühl. „Na, Marvel, gefällt dir unsere Unterkunft auch so gut wie mir?“, fragte sie den Gartenzwerg, den sie auf dem Schreibtisch platziert hatte. Sie meinte ein zustimmendes

Glitzern in seinen Augen zu erkennen, als das Handy neben ihr brummte. Phillip hatte ihr eine Nachricht geschrieben.

Nana. Komm bitte zur Vernunft und ruf mich an. Wenn du willst, nehme ich mir spontan Urlaub und komme nach. Lass uns reden!

Nana klickte die Nachricht weg, schaltete das Handy stumm und öffnete ihre Bildergalerie. Sie wählte die schönsten Fotos der ersten beiden Tage aus und lud sie auf dem Reiseaccount hoch. Amelies gefaltete Hände. Das Croque Gallois. Die See in Bolougne-sur-Mer. Ein Bild von der Fahrt durch den Eurotunnel. Die Schafe auf der Straße. Das Universum der Gartenzwerge. Marvel und Stonehenge. Schlafender Lutz in ihrem Auto (von dem Foto wusste er natürlich nichts). Und die Badewanne, ja, die musste auch sein, weil sie ihr so ein wohliges Gefühl geschenkt hatte. Wenige Minuten später leuchtete Yasemins Name in ihrem Display auf. Sie hatten vor der großen Fahrt für den Fall der Fälle Nummern ausgetauscht.

„Hallo, Bielefeld", begrüßte sie die Kioskbesitzerin. Die lachte. „'nabend, England! Wo genau seid ihr, und wie oft seid ihr euch schon an die Gurgel gesprungen?"

„Wir sind eben in der Shakespeare-Stadt Stratford-upon-Avon angekommen, und du wirst es nicht glauben: Bislang läufts erstaunlich gut zwischen uns. Lutz hat mir zuliebe sogar die erste Nacht unserer Reise im Auto geschlafen." Sie gab Yasemin einen ausführlichen Bericht ihrer bisherigen Fahrt.

„Hab gerade deine ersten Bilder auf Instagram gesehen. Voll cool, mach das bloß weiter. So kann ich ein bisschen mit euch reisen. Ich komme hier nicht weiter als bis zum nächsten Spielplatz."

Nana schmunzelte. „Mach ich. Wie geht's Ela?"

„Der geht's wie immer prächtig. Richte Lutz aus, dass Ela und Churchill bereits jetzt ein Herz und eine Seele sind. Vielleicht sollten wir ihn einfach behalten."

„Ähem, letzteres sage ich ihm besser nicht." Yasemins lautes Gelächter schallte an ihr Ohr. „Nein. Wohl nicht. So, das Kind bölkt, ich muss Schluss machen. Bis bald, over and out."

Nana blickte auf die Uhr. In einer Viertelstunde wollte sie sich mit Lutz treffen. Rasch zog sie sich Jeans und eine weiße Bluse an, trug Wimperntusche und Lipgloss auf und ging hinunter ins Restaurant, in dem Lutz bereits auf sie wartete. „Schöne Grüße von Yasemin. Churchill geht's gut, und er kriegt sehr viel Liebe von Ela", informierte sie ihn, während sie zur Weinkarte griff.

„Ich bin mir nicht sicher, ob mir das gefällt", grummelte er.

„Deine Hotelauswahl hingegen gefällt mir in der Tat. Es ist ein kluger Schachzug, ein Hotel mit einem French Bistro auszusuchen. Auf diese Weise kommt man auch in England an gutes Essen."

Nachdem die Bedienung ihre Bestellung aufgenommen und ihnen zu Miesmuscheln und Lammkeule jeweils einen passenden Wein empfohlen hatte, lehnte sich Nana entspannt zurück und beobachtete die anderen Gäste.

Lutz folgte ihrem Blick. „Wurde ich als kleiner Mann früher ungeduldig in einem Restaurant oder beim Arzt – ich war als Kind oft krank – hat meine Mutter mich mit einem Spiel abgelenkt. Sie wählte eine Person aus, zu der ich mir ein ganzes Leben ausdenken sollte – wo sie wohnt, was sie beruflich macht und so weiter. Zu Beginn waren alle Männer Feuerwehrmänner und alle Frauen Mütter." Nana lachte auf. Das passte zu ihm. „Aber Karin, meine Mutter, ermutigte mich, breiter zu denken, meine Fantasie zu nutzen, nichts auszuschließen. So wurde aus dem Feuerwehrmann ein

Tischler, der einen sprechenden Holzwurm als Freund hatte. Und aus der Mutter wurde eine Wissenschaftlerin, die ein Mittel gegen Krebs erfand." Nana schaute erstaunt, und er erklärte es. „Meine Oma war zum damaligen Zeitpunkt an Krebs erkrankt."

„Das ist ein super Spiel. Wahrscheinlich hat deine Mutter damit deine Schriftstellerkarriere ins Rollen gebracht."
„Wer weiß."

Die Bedienung brachte ihnen Wein, und sie prosteten sich zu.
„Was ist mit den beiden?", fragte Nana und deutete diskret auf den Tisch am Fenster, an dem ein Mann und eine Frau saßen. Nana schätze die zwei auf Anfang 40. Sie trug einen Hosenanzug, er Jeans, Blazer und Hemd. Seine Krawatte hatte er gelockert.

„In Ordnung. Du erzählst seine Geschichte. Ich ihre. Wir haben beide zwei Minuten Zeit für ihren Lebenslauf. Ab jetzt." Er drückte einen Knopf an seiner Armbanduhr. Nana öffnete den Mund, um zu protestieren, nahm dann aber stattdessen einen großen Schluck Wein – und die Herausforderung an.

„Die Zeit ist abgelaufen", verkündete Lutz kurze Zeit später. „Du fängst an."

„Das ist Phillip", startete Nana sogleich, „er heißt so, weil seine Mutter ein großer Fan des britischen Königshauses ist. Phillip selbst ist das Königshaus wirklich herzlich egal. Er ist 38 Jahre alt und hatte heute einen stressigen Arbeitstag. Stressig heißt, ihm wurde gekündigt. Er hatte einen Job als Broker und hat's verkackt. Und er hat keine Ahnung, wie er das seiner Frau beibringen soll, die ohnehin schon ein nervliches Wrack ist. Sie ist im siebten Monat schwanger und hat ihm vor einem Monat verboten, weiterhin Motorrad zu fahren. Weil das Kind nicht ohne Vater aufwachsen soll. Die

Frau, die ihm gegenübersitzt, ist also ganz offensichtlich nicht seine Frau. Sie heißt Melissa und ist seine alte Schulfreundin. Melissa ist eine Phillip-Flüstererin. Wenn er nicht weiter weiß, ruft er sie an. Dann gehen sie essen. Phillip lädt sie ein und lässt sich von ihr Ratschläge geben. Davon weiß seine Frau nichts, die ein massives Eifersuchtsproblem hat. Phillip hingegen hat ein Koks-Problem. Siehst du seine wunde Nase? Das Koks sollte ihm als temporäre Stütze dienen, weil er sich mit allem überfordert fühlte. Mit dem Job, mit der schwangeren Frau, mit dem Kredit fürs Haus. Aber irgendwie ist immer was, und deshalb begleitet ihn das Koks nun bereits eine Weile. Davon weiß selbst Melissa nichts. Wenn das Kind in zwei Monaten auf die Welt kommt, wird sich Phillip in einer Mischung aus Euphorie und Angst eine fette Line Schnee auf der Toilette des Krankenhauses in seine Nase ziehen. Er erleidet einen Herzinfarkt, überlebt ihn aber, weil er sich ja praktischerweise im Krankenhaus befindet und ihm schnell geholfen werden kann. Seine Frau verlässt ihn mit dem Neugeborenen, ihr Vertrauen ist erschüttert. Das ist ein Wendepunkt in Phillips Leben. Gerade noch die Nabelschnur durchgetrennt, nun wieder Single. Er weist sich freiwillig in eine Entzugsklinik ein, macht anschließend eine Umschulung und wird Erzieher in einer Kita. Beschissen bezahlt, aber erfüllend. Seine Ehe kann er nicht retten, pflegt aber mittlerweile – nach anstrengenden ersten Jahren – ein freundschaftliches Verhältnis zu seiner Ex und hat regelmäßigen Kontakt zu seiner Tochter. Inzwischen lebt er ein zufriedeneres Leben als seine Ex-Frau. Mit Melissa bahnt sich etwas Ernsthaftes an. Die hat ihm irgendwann gebeichtet, dass sie ihn die ganze Zeit geliebt hat. Aber von all dem wissen die beiden zum jetzigen Zeitpunkt natürlich noch nichts." Nana holte tief Luft und blickte Lutz an.

„Nicht schlecht!" Aus seinem Ton sprach Anerkennung. „Dein Ex heißt Phillip, wahrscheinlich ist dir so schnell kein besserer Name eingefallen, aber geschenkt. Du hattest eine plausible Begründung. Ansonsten ein bisschen viel Klischee: Broker, Koks. Na ja. Der Blick in die Zukunft, um dann wieder in der Gegenwart am Tisch der Ahnungslosen zu landen, war ein schöner Dreh." Er nippte am Wein. „Doch. Insgesamt passabel."

Nana lachte. „Für einen Ostwestfalen ist das ein nahezu überschwängliches Lob, vielen Dank! So. Und jetzt bist du dran, Herr Autor. Mach's besser. Du bist schließlich der Profi."

„Nur keinen Druck aufbauen!" Er stellte sein Weinglas ab. „Darf ich vorstellen: Das ist Anjana. Sie ist 32 Jahre alt. Der junge Mann ist ihr neuntes Date, das über das Internetportal LiveLove zustande gekommen ist. Anjana ist Romantikerin. Sie glaubt an die große Liebe. Daran, dass es einen passenden Topf für jeden Deckel gibt. Kein: Passt ungefähr, damit kann man arbeiten. Sondern ein hundertprozentiger Treffer. Die perfekte Symbiose. Zwei gute Menschen treffen sich und verschmelzen zu einer noch besseren Einheit. Bislang hatte Anjana nicht das Glück, den passenden Deckel zu finden. Im Gegenteil. Ihre letzte längere Beziehung endete in einem Desaster. Anjana sieht immer das Gute im Menschen und ist auf dem Auge für das Böse blind. Sie hat nicht gespürt, dass ihr Ex ihre Gutmütigkeit ausnutzt." Er stockte kurz. „Wobei, das stimmt nicht ganz. Anjana hat es tief in ihrem Inneren gespürt, aber sie wollte es nicht sehen. Bis er ihr Konto leergeräumt hat. Glücklicherweise konnte ihre Freundin sie davon überzeugen, Anzeige gegen ihn zu erstatten. Ihr Ex ist jetzt im Gefängnis und sie hat zumindest einen Teil des Geldes zurückerhalten. Siehst du den Anhänger an ihrer Kette? Das ist Ganesha, der indische Gott mit dem Elefantenkopf. Er gilt als der Überwinder von Hindernissen. Sie trägt ihn seit dem

Tag, an dem sie mit ihrer Freundin zur Polizei gegangen ist, um Anzeige zu erstatten. Ihr heutiges Date mit Jacob läuft bislang vielversprechend. Anjana fühlt sich wohl und verspürt nicht, wie bei ihrer letzten Verabredung, den Reflex, flüchten zu müssen. Sein Vorgänger hatte schrecklichen Mundgeruch und sich mit ihr in einem abgeranzten Pub getroffen. Es gefällt ihr, dass Jacob ihr Wein nachschenkt, ohne dass sie darum bitten muss, und dass er sich gewählt ausdrückt. Als sie ihm erzählte, dass sie als Chirurgin an einem der renommiertesten Krankenhäuser in der Region arbeitet, reagierte er begeistert und entgegnete, dass seine Mutter auch Ärztin sei. Das hat Anjana erleichtert ausatmen lassen, denn sie hat die Erfahrung gemacht, dass sich viele Männer noch immer von erfolgreichen Frauen bedroht fühlen. Anjana hat einen Tick, siehst du das? Wenn sie nervös ist, knibbelt sie an ihrem Daumen."

Nana fühlte, wie ihre Wangen warm wurden. Reflexartig zog sie ihre linke Hand unter den Tisch.

„Nach dem heutigen Abend wird sie sich ein zweites Mal mit Jacob treffen", fuhr Lutz fort. „Und ein drittes Mal. Bei ihrer vierten Verabredung wartet sie vorfreudig auf ihn. Und vergeblich. Er wird sich nie wieder bei ihr melden. Ghosting nennt man das wohl im Neudeutschen. Er reagiert nicht mehr auf ihre Anrufe, blockiert sie in den sozialen Medien und ist einfach von der Bildfläche verschwunden. Anjana wird lange damit zu kämpfen haben."

„Och, Lutz, das ist ein Scheißende!"

„Stimmt. Aber ich habe gesehen, dass unser Essen naht." In dem Moment bemerkte Nana die Bedienung an ihrer Seite, die die hübsch dekorierten und köstlich riechenden Teller auf dem Tisch platzierte.

„Ich habe großen Hunger. Deshalb musste ich schnell zum Ende kommen." Er lachte.

Sie aßen und tranken schweigend. Als sie fertig waren, konnten sie die Müdigkeit gegenseitig in ihren Gesichtern ablesen. „Reisen ist anstrengend“, sagte Lutz und Nana ergänzte: „Aber anregend. Für heute bin ich allerdings platt und muss ins Bett.“

Eine gute halbe Stunde später lag Lutz auf dem Ausziehsofa und Nana in dem gut duftenden Bett. „Anjana ist kein 08/15-Name. Wieso hast du ihn gewählt?“, fragte sie in die Dunkelheit. Anjana war ein sattes Orange.

„Wegen des Ganesha-Anhängers. In der Grundschule hatte ich eine Klassenkameradin, deren Eltern aus Indien stammten. Sie hieß Anjana und schoss mir sofort in den Kopf, weil an dem Reißverschluss ihrer Federmappe ein kleiner silberner Elefantengott hing. Und vielleicht habe ich mich auch an sie erinnert, weil ich damals verliebt in sie war.“ Er hielt kurz inne. „In ihre wunderschönen Haare und in ihr Lächeln.“ Sie hörte das Rascheln der Bettdecke, als er sich umdrehte. „Nana ist auch kein sehr gängiger Name. Ich nehme nicht an, dass deine Eltern ihn ausgesucht haben, weil die Nanaminze ihr Lieblingskraut ist.“

Nana lachte. „Nein. Meine Mutter war ein großer Fan von Nana Mouskouri.“

„Weiße Rosen aus Atheen“, stimmte Lutz mit tiefer Stimme an.

„Wusstest du, dass Jazz eine ihrer großen Leidenschaften ist?“, fragte sie. „Die meisten kennen sie nur als Sängerin von Chansons. Meine Mutter liebte starke Frauen. Nana Mouskouri hat ihre Ausbildung am Athener Konservatorium abgebrochen, weil ihre Liebe zum Jazz dort keinen Platz hatte. Sie machte ihr Ding.“

„Verstehe. Du magst deinen Namen“, stellte er fest.

„Ja. Naa – Naa", betonte sie die beiden Silben. „Er klingt angenehm. Rund, irgendwie. Und er sieht gut aus", entfuhr es ihr.

„Wegen der Dopplungen der Buchstaben?"

Nana war versucht, ja zu sagen. Doch dann entschied sie sich für die Wahrheit. „Nein. Er ist weinrot. Es ist ein schönes, warmes, erdiges Rot."

Lutz schwieg für einen Moment. „Welche Farbe trägt mein Name?", fragte er schließlich.

„Dein Name ist … schwierig. Vokale erscheinen mir immer farbiger als Konsonanten. Normalerweise herrscht ein Ton vor. Aber bei deinem Namen sehe ich für jeden Buchstaben separate Farben, unterschiedlich stark ausgeprägt. Das L silberglänzend, sehr schön – deshalb mag ich deinen Namen. Das U ist braun. Dann folgt ein helles Lila und schließlich Weiß – das ist etwas unschön, weil der Name hinten blass ausläuft. Die Buchstaben sind übrigens in unterschiedlichen Höhen angeordnet." Lutz schwieg. „Jetzt denkst du, ich habe einen an der Waffel und sollte zusammen mit Amelie Bäume umarmen, richtig?"

„Nein", entgegnete Lutz. „Waren deine Eltern auch Synästhetiker?", fragte er stattdessen und überraschte Nana. Zum ersten Mal musste sie sich nicht erklären. Zum ersten Mal wurde sie nicht gefragt, welche Drogen sie eingeschmissen hätte oder wen sie verarschen wollte.

„Meine Mutter", antwortete sie. „Als ich ihr mit acht Jahren sagte, dass mein Name dunkelrot und ihrer sonnengelb sei, antwortete sie, dass sie meinen Name türkis leuchten sehe. Seitdem ist Türkis meine Lieblingsfarbe."

„Siehst du jedes Wort farbig?"

„In Unterhaltungen nicht. Das geht zu schnell. Aber wenn ich an ein Wort denke oder es sehe, ist es farbig." Sie gähnte. „Ich lebe in einer sehr farbigen Welt. Das finde ich schön."

Nana kuschelte sich fester in ihre Decke. „Jetzt muss ich schlafen, bunter Lutz. Gute Nacht. Morgen feiern wir Weihnachten."

DUNKELGRÜN

„Good friend for Jesus' sake forbear, To dig the dust enclosed here: Blest be the man that spares these stones, And curst be he that moves my bones." Tief und getragen erklang Lutz' Stimme in der Holy Trinity Church, eine anglikanische Kirche, die direkt am Ufer des Flusses Avon lag.

„Ich möchte gar nicht wissen, wie viele Touristen jährlich hierher strömen", grummelte Nana und starrte auf Shakespeares Grab.

„Tausende", entgegnete Lutz. „Und du bist eine von ihnen." Er klopfte ihr auf die Schulter.

„Hat denn schon mal jemand versucht, ihn auszubuddeln?", fragte sie und deutete auf die Tafel mit der warnenden Grabinschrift.

„Tja. Tatsächlich weiß man wenig über Shakespeares Todesumstände und über den Inhalt des Grabes. Gerüchte hingegen gibt's viele. Allerdings hat vor einigen Jahren ein Expertenteam das Grab gescannt. Und angeblich soll der Schädel Shakespeares fehlen. Wenn dem so ist", fuhr er plötzlich flüsternd fort, „sind die Diebe natürlich verflucht und nie wieder in ihrem Leben glücklich geworden."

„Aber wahrscheinlich sehr reich."

„Du magst Shakespeare wirklich nicht, oder? Sonst würdest du nicht so gefühlskalt über seinen Schädel sprechen." Nana lachte. „Mir wird hier drin langsam kalt. Komm, es ist höchste Zeit für den nächsten Programmpunkt. Tschüss, William." Nana winkte dem Grab, und Lutz folgte ihr hinaus. Über den kleinen Friedhof, der die Kirche umgab, spazierten sie am Fluss entlang in Richtung Innenstadt. Auf dem Kieselweg entdeckte Nana einen wohlgeformten Stein und steckte ihn in die Tasche. Sie würde recherchieren, welche Vogelart vorwiegend in England vorkam und einen von ihnen auf diesem Stein verewigen.

„So. Jetzt aber raus mit der Sprache. Was liebst du so an Steinen?"

„Ihre ruhige Gesellschaft", antwortete Nana prompt, und Lutz lachte. „Die Antwort passt wohl eher zu mir, dem eigenbrötlerischen Autor, als zu dir."

Nana blickte über den Fluss. „Sie haben mich in einer Zeit, in der es mir nicht gut ging, über Wasser gehalten." Sie steckte ihre rechte Hand in die Tasche. Seit Amelie ihr den Herzstein geschenkt hatte, trug sie ihn immer bei sich. „Erinnerst du dich an den Beginn der Pandemie, als die Kinder zu Hause Steine bemalt und sie draußen verteilt haben?"

2020

„Nana, ernsthaft? Vögel? Schon wieder?" Phillip blickte auf den Fernseher. Er schien beleidigt, und Nana fragte sich, warum es ihn beleidigte, wenn sie Tierdokumentationen schaute.

Sein Blick war vorwurfsvoll, als er die leere Eispackung, die neben ihr auf dem Sofa lag, fixierte. „Geh doch mal an die frische Luft. So wird das nicht besser mit deiner Antriebslosigkeit."

„Ich fühl mich ganz wohl hier. Wusstest du, dass Kleiber so heißen, weil sie ihr Haus mit Lehm von innen zukleben? Die sind sehr fleißig und bauen richtig solide." Nana schürzte ihre Unterlippe.

„Nein, wusste ich nicht. Sag mal, musst du nicht arbeiten?", fragte er und deutete auf ihr zugeklapptes Notebook auf dem Esszimmertisch.

„Bin fertig. Kurzarbeit und wenig Aufträge. Flyer und Werbung sind im Moment nicht so gefragt."

Phillip seufzte und schaute auf die Uhr. „Ich muss los, hab einen wichtigen Termin. Stell dich doch wenigstens mal unter die Dusche. Das tut gut." Er gab ihr einen flüchtigen Kuss auf den Kopf und knallte die Wohnungstür wie immer viel zu laut hinter sich zu. Nana starrte weiter auf die Mattscheibe, auf der nun ein Specht lautstark einen Baum bearbeitete. Sie ging zum Kühlschrank und stellte deprimiert fest, dass im Eisfach kein Nachschub zu finden war. „Vielleicht hat er ja recht", sagte sie laut in die leere Wohnung hinein und zog sich Turnschuhe an, die gut zu ihrem Jogginganzug passten. Der Frühling zeigte sich ätzend gut gelaunt, als gebe es nichts, worüber man sich Sorgen machen müsste. Die Vögel zwitscherten vergnügt, die Sonne strahlte mit dem knallblauen Himmel um die Wette. Im Oetker-Park jedoch bemerkte Nana einen Unterschied: Wo sich normalerweise Picknickdecke an Picknickdecke reihte, erblickte sie leere Rasenflächen. Es war stiller als sonst: Kein Lachen, kein Brüllen, kein Weinen – das Betreten der Spielplätze war verboten. Einige Menschen drehten vereinzelt ihre Runden, die meisten auf Abstand, so wie es vorgeschrieben war. Nana setzte sich auf eine leere Bank an den Teich. Die Schwere, sie wurde nicht leichter. Im Gegenteil. Nana starrte auf die Klettergerüste und seufzte. Was für eine Scheiße, was für eine Scheiße, was für eine Scheiße, dachte sie und fühlte sich schlecht, weil sie sich so schlecht fühlte. Andere hatten bestimmt gewichtigere Gründe, sich schlecht zu fühlen. Sie knibbelte an ihrem Daumen und versuchte sich auf die Enten im Teich zu konzentrieren, als plötzlich eine Kinderhand in ihrem Blickfeld auftauchte.

„Hallo", sagte ein Mädchen, das Nana auf sechs, sieben Jahre schätzte.

„Hallo", entgegnete Nana.

„Du siehst traurig aus. Hier." Das Mädchen öffnete ihre Hand, in dem ein bemalter Stein lag. „Den hab ich heute bemalt."

„Karlotta", rief ihre Mutter, die zehn Meter entfernt mit einem Golden Retriever an der Leine am Teich stand. „Kommst du bitte?" Sie nickte Nana kurz zu, und Nana nickte zurück.

Das Mädchen legte den Stein auf die Bank. „Tschüss." Sie winkte Nana zum Abschied und kehrte zu ihrer Mutter zurück. „Danke", rief Nana ihr viel zu spät hinterher.

Das Mädchen hatte den Stein mit einem Regenbogen bemalt. Die Linien waren fein und sorgsam gezogen, und Nana fragte sich, ob sie das allein gemacht oder die Mutter geholfen hatte. Sie erhob sich und sammelte vom Ufer des Teiches ein paar schöne Steine ein. Nana nahm nur die mit, die glatte Oberflächen aufwiesen. Anschließend kaufte sie kein Eis, sondern in einer Drogerie Pinsel und Farben. Als Phillip von seiner Arbeit zurückkehrte, saß Nana seit Stunden, immer wieder leise lächelnd, an ihrem Schreibtisch und bemalte Steine mit Vögeln. Zum ersten Mal seit langem konnte sie sich wieder auf eine Sache voll und ganz konzentrieren.

„Warum hat dich die Pandemie in eine solche Krise gestürzt?", fragte Lutz. „Hattest du Existenzangst?"

Nana schüttelte den Kopf. „Nicht wirklich. Aber ich hatte fürchterliche Angst um Elsa."

Lutz deutete fragend auf die Holzbänke, die auf der Rasenfläche vor dem Royal Shakespeare Theatre platziert waren, und Nana nickte zustimmend. Für einen Augenblick genossen sie schweigend die Aussicht auf das historische Gebäude und den Fluss, der vor ihnen gemächlich dahinfloss. „Oma lebt davon, ihr zweites Cottage auf der Isle of Skye an Touristen zu vermieten", nahm Nana das Gespräch wieder auf. „Diese Einnahmen brachen komplett weg. Ich konnte sie glücklicherweise finanziell unterstützen, weil ich befördert wurde, aber sie hat das Geld nur sehr widerwillig angenommen. Denn sie wusste, wenn ich mehr arbeite, habe ich keine Zeit mehr für … anderes." Sie sprach schnell weiter, bevor Lutz nachhaken konnte. „Und dann erwischte es sie. Sie lag sechs Wochen auf der Intensivstation und wurde künstlich beatmet. Ich konnte sie nicht besuchen und hatte ständig

Angst, dass das Telefon klingelt und mir Campbell, Elsas Hausarzt, mitteilt, dass sie es nicht geschafft hat." Nana atmete tief aus. Eine Schwan-Familie tummelte sich drei Meter vor ihnen. „Aber sie hat sich erholt. In ein paar Tagen sehe ich sie zum ersten Mal seit zwei Jahren wieder. Seit zwei Jahren", wiederholte sie noch einmal leise. „Deshalb konnte ich diese Reise unmöglich absagen."

„Was ist mit deinen Eltern?", fragte Lutz.

„Die sind tot. Deine?", fragte Nana, um nicht weiter darauf eingehen zu müssen.

„Lebendig. Jedoch nicht präsent." Er schien nicht das Bedürfnis zu haben, weiter ins Detail zu gehen, und Nana respektierte das. Schließlich stand sie auf. „So, es wird Zeit. Komm weiter." Sie blickte auf den Stadtplan, den sie aus der hinteren Hosentasche gezogen hatte.

„Zeit wofür?", fragte Lutz.

„Zeit für Weihnachten." Sie schaute hoch. „Die zweite Straße biegen wir links ab und dann sind wir fast da." Sie marschierten los. „Magst du eigentlich Weihnachten?", fragte sie.

„Ich stehe ihm neutral gegenüber."

„Du stehst Weihnachten neutral gegenüber?", entgegnete sie entsetzt. „Und bezeichnest mich als gefühlskalt? Mann, Mann, Mann, Lutz. Wird Zeit, dass du ein bisschen Weihnachtszauber spürst."

„Im Juni?"

„Betrachte es als Training für den Ernstfall in sechs Monaten. Schau, da vorne ist bereits unser Ziel." Nana zeigte auf ein altes Fachwerkhaus, an dem ein dunkelgrünes Messingschild über der Tür hing, auf dem in goldenen Buchstaben The Nutcracker Christmas Shop geschrieben war. In zwei Schaufenstern standen opulent behängte Weihnachtsbäume neben diversen Nussknackerfiguren,

Kerzenhaltern mit Rentieren und Nikoläusen. Nana summte *Oh du Fröhliche* und schaute Lutz dabei schelmisch lächelnd an. „Willkommen im Winter Wonderland." Sie öffnete die Eingangstür, an der ein gutgelaunt dreinblickender Schneemann befestigt war, der mit einem Schild in der Hand verkündete: Only 183 sleeps till Christmas!

Lutz seufzte und ergab sich seinem Schicksal. Das Geschäft war ein einziger Weihnachtsrausch. Überall glitzerte es silbern und golden. Unzählige Kugeln, Engel, Lichterketten und jeder sonstige erdenkliche Weihnachtsbaumschmuck blinkte ihnen entgegen. Die festliche Ware war nach Farben sortiert: In der einen Ecke strahlte es Nana und Lutz weiß entgegen, die nächste Wand glänzte festlich rot, weiter rechts entdeckte Nana die lilafarbene und pastellige Ware. Sie knipste ein Bild, um die Weihnachtspracht für ihren Kanal und vor allem für Yasemin festzuhalten.

„Wunderschön, oder?", sprach eine ältere Dame Nana an, als die ihr Smartphone gerade wieder gesenkt hatte.

„Ja", stimmte Nana zu. „Ich liebe Weihnachten."

Die Frau nickte und schaute versonnen auf die glänzenden Kugeln. „Man spürt, dass hier jemand mit Herz am Werk ist. Es ist ein familiengeführtes Geschäft. Der Besitzer, Robert, besitzt eine beeindruckende Nussknacker-Sammlung."

„Ich suche eigentlich etwas ganz Best-"

Die Dame unterbrach Nana. „Früher, als meine Kinder noch zu Hause wohnten, und mein Mann noch lebte, war die Weihnachtszeit für mich die schönste Zeit im Jahr. Ich habe gebacken, geschmückt, Adventskalender gebastelt. Ach, was habe ich diese Saison geliebt! Weihnachten kam immer die ganze Familie zusammen. Drei Tage lang haben wir gegessen, Geschenke verteilt, gespielt, geschlafen, Weihnachtsfilme geguckt und heißen Kakao getrunken." Die Seniorin hielt kurz inne, doch Nana spürte, dass sie noch mehr zu sagen hatte und wartete geduldig. „Mittlerweile sind meine Kinder schon längst erwachsen“, fuhr die Frau schließlich fort. „Meine ältere Tochter lebt in den USA, die jüngere in der Schweiz. Das nennt man wohl Globalisierung. Sie haben ihr eigenes Leben.“ Gedankenverloren strich die alte Dame über eine rote Weihnachtskugel. „Und ich hatte ja immer noch meinen Edward. Aber seit mein Mann vor zwei Jahren gestorben ist …“

„… das tut mir leid“, warf Nana leise dazwischen.

„… ist Weihnachten einfach nicht mehr dasselbe.“ Sie seufzte. „Wenn mir in meiner leeren Wohnung zu sehr die Decke auf den Kopf fällt, komme ich zu Robert in den Laden, schaue mir den Weihnachtsschmuck an und erinnere mich an die guten alten Zeiten. Das gibt mir Kraft. Jedes Mal gehe ich dann beschwingt nach Hause. Erst recht, wenn ich bei der Gelegenheit ein so freundliches Gespräch mit einer jungen Dame führen konnte.“ Die Frau legte für einen Moment ihre Hand auf Nanas Unterarm und lächelte sie an. Nana rührte es, dass sie der Seniorin mit diesem kleinen Plausch einen schönen Tag beschert hatte. Es sind die kleinen Dinge im Leben, dachte sie. „Ihnen alles Gute“, sagte die Frau noch, bevor sie hinter dem nächsten Regal verschwand. „Ihnen auch“, rief Nana hinterher. Sie schlenderte weiter durch die Räume und fand schließlich, was sie suchte: Eine handbemalte Weihnachtsbaumkugel mit Stadtmotiven von Stratford-upon-Avon. Der Kassierer legte die Kugel in ein Kästchen, das im Inneren mit einem dunkelgrünen Stoff bespannt war, und schloss es achtsam. „Viel Freude damit“, sagte er und wünschte ihr noch einen schönen Aufenthalt in „our lovely city.“

Lutz hatte Weihnachten bereits vor einer Weile den Rücken gekehrt und wartete draußen auf sie. „Hast du bekommen, was du wolltest?“

„Ja. Eine Kugel für Elsa. Ich hoffe, sie wird sich freuen." Nana drehte sich noch einmal zur Tür. „Ich hatte gerade eine reizende Begegnung mit einer alten Dame." Nana erzählte Lutz von dem kurzen Gespräch. „Schön, oder? Der Weihnachtsladen als Seelenbalsam. Ist das nicht eine Inspiration für eine nette, kleine Weihnachtszene in deinem nächsten Buch, Herr Autor?"

„Kitschig", widersprach Lutz. „Warum klammern sich die meisten alten Menschen an die Vergangenheit, statt sich über das zu freuen, was sie in der Gegenwart oder gar Zukunft erwartet? Warum verliert der Mensch mit steigendem Alter die Neugierde, die Lust am Unentdeckten?"

„Lern Elsa kennen. Sie ist das perfekte Gegenbeispiel. Und was hast du gegen Kitsch? Kitsch kann doch auch etwas Tröstliches sein. Etwas, worin ich mich als Leserin suhle, bevor die harte Realität mich wieder einholt."

„Kitsch ist Kitsch."

„Kitsch ist die Reibefläche für Schönheit."

Lutz schwieg für einen Moment. „Das ist ein sehr schöner Satz. Und gar nicht kitschig."

BLUTROT

Der fünfte Tag ihrer Reise war angebrochen und Nana hatte sich noch kein einziges Mal in ihre Stein- und Vogelwelt flüchten müssen. Das beruhigte sie. Immer mehr Menschen folgten ihrem Reisekanal, was sie vor allem Marvel zu verdanken hatte, der nun fast jedes Bild schmückte, und dessen verrückte Geschichte die Follower begeisterte. Nana hoffte, dass Baker keinen Instagram-Account besaß, denn von ihm würden Nanas Reiseberichte und die Hashtags *#marvelontour #marvelrunswild #freedomforallgnomes* sicherlich keine Herzchen einheimsen.

An diesem Tag saß der Zwerg wieder brav angeschnallt auf der Rücksitzbank und wartete auf seine Begleitung. In Snitterfield, einem Dorf gute zehn Kilometer von Stratford-upon-Avon entfernt, würde ihr nächster Reisegast zusteigen: Ein 15-jähriger Teenager, den sie mit nach Liverpool nahmen, wo sein Vater lebte.

„Ich habe mit seiner Mutter geschrieben. Die Eltern sind getrennt, der Vater erwartet seinen Sohn. Und wir sind billiger als der Zug. Beide Elternteile arbeiten Vollzeit."

„Würdest du das machen?", fragte Nana.

„Was?"

„Deinen Sohn bei wildfremden Leuten mitfahren lassen? Dann doch lieber in den Zug setzen."

„Sie hat mir doch vorher gemailt. Und ich hatte im Angebot notiert, dass wir zu zweit unterwegs sind. Auf Urlaubsreise. Ein Mann und eine Frau."

„Ach so. Na dann. Bonnie und Clyde waren übrigens auch ein Mann und eine Frau und als Pärchen unterwegs. Trotzdem keine netten Menschen. Just sayin." Sie zuckte mit den Schultern.

„Äh. Ja. Dann einigen wir uns doch darauf, dass Jesse großes Glück hat, dass er bei so gutherzigen Menschen mitfahren darf."

„Auf mich trifft das definitiv zu, bei dir Gelegenheitsbetrüger bin ich mir da nicht so sicher."

„Das war kein Betrug. Das war Teil eines künstlerischen Prozesses." Belehrend hob er seinen Zeigefinger.

Nana lachte, als im selben Moment ihr Handy in der Ablage klingelte.

„Dein Verflossener", stellte Lutz nach einem Blick auf das Display fest.

Nana verdrehte die Augen. „Lass es einfach klingeln." Lutz nickte. „Da vorne ist die Bushaltestelle. „Der junge Mann wird Jesse sein."

„Freakin' awesome", urteilte Jesse beim Einsteigen über Marvel, und Nana fand den Jungen auf Anhieb sympathisch. Sein Name leuchtete gelb. Jesse hatte kaum auf dem Rücksitz Platz genommen, da hatte er Lutz bereits das vereinbarte Geld für die Fahrt nach vorne gereicht und sich bedankt, dass sie ihn pünktlich abgeholt hatten.

„Hast du schon häufig die Mitfahrzentrale für das Pendeln zwischen deinen Eltern genutzt?", fragte Nana.

Jesse schwieg für einen Moment und antwortete schließlich: „Manchmal. Muss dann ja auch zeitlich passen."

Nana nickte. „Wie oft besuchst du denn deinen Vater?" Sie spürte Lutz' strafenden Blick. Er empfand sie wahrscheinlich als zu aufdringlich und hatte recht damit. Doch Nanas Bauchgefühl ließ sie wissen, dass irgendetwas an Jesses Fahrt seltsam war.

Der Teenager holte tief Luft, bevor er antwortete. „Ich habe meinen Dad jetzt eine ganze Weile nicht gesehen. Wegen dieser Scheißpandemie. Pardon my language", sagte er schnell hinterher.

„Alles gut. Was Scheiße ist, sollte man auch so benennen. Das war sogar eine Riesenkackscheiße", nahm ihm Nana den Wind aus den Segeln.

Er lachte erleichtert. „Ja. Mit dem Zug oder Bus sollte ich in der Zeit nicht reisen. Meine Mum hat kein Auto. Das hat es nicht einfacher gemacht. Ich wollte meinem Vater nix Übles ins Haus schleppen. Aber jetzt ist ja alles wieder gut. Und Papa hat mir versprochen, dass wenn diese … Scheiße vorbei ist, wir gemeinsam Urlaub auf Mallorca machen. Alter, ist das nicht geil? Mallorca! Ich bin noch nie geflogen." Jesses Stimme klang euphorisch. Nanas Bauchgefühl grummelte hingegen weiter missmutig vor sich hin. „Das klingt nach einem super Vater-Sohn-Urlaub", versuchte sie ebenfalls begeistert zu wirken.

„Wann fliegt ihr denn?"

„Das müssen wir noch festmachen. Deshalb fahre ich zu meinem Dad. Dieses Wochenende besprechen wir alles. Ich will unbedingt das Hotel aussuchen!"

„Und deine Ma, was sagt die dazu?", hakte Nana weiter nach und spürte, wie sich Lutz' strafender Blick nun durch ihre Wange brannte.

„Die … ist bestimmt ganz froh, mich mal für ein paar Tage aus der Wohnung zu haben. Aber das würde sie natürlich nie zugeben." Er lachte, und Nana hatte das Gefühl, dass in seinem Lachen Nervosität mitschwang.

Sie blickte auf die Uhr am Armaturenbrett. Bereits in einer guten Stunde würden sie in Liverpool ankommen. „Nenn mir doch die genaue Adresse von deinem Vater. Dann musst du nicht vom Bahnhof dorthin fahren. Wir liegen super in der Zeit und setzen dich gerne direkt dort ab."

Nun warf Lutz ihr einen überraschten Blick zu. Sie war es gewesen, die im Vorfeld darauf bestanden hatte, alle Mitreisenden an zentralen Punkten abzusetzen und keine Extrafahrten für sie einzuplanen.

„Das ist nicht nötig, danke", sagte Jesse schnell.

„Das wissen wir, machen es aber trotzdem gerne. Wir können auch deine Mutter oder deinen Vater vorher anrufen und sie fragen, ob es okay für sie ist, falls es dir Sorgen bereitet, die Wohnadresse zu nennen."

„Nein, nein, alles gut", lenkte Jesse etwas hektisch ein. „Ich wollte euch nur keine Umstände machen." Er nannte ihr die Adresse, und Nana lächelte zufrieden.

Einige Zeit später stoppte sie ihren Wagen. Das Haus, in dem Jesses Vater lebte, lag in einer nett anmutenden Wohnsiedlung mit lauter Einfamilienhäusern.

„Vielen Dank, dass ihr mich mitgenommen habt! Und weiterhin gute Reise. Aber ihr habt ja einen Superhelden, der euch beschützt." Jesse strich dem Gartenzwerg über die Zipfelmütze. Dann schnappte er sich seinen Rucksack, öffnete die Tür und winkte zum Abschied.

„Lass mich raten. Du fährst erst los, wenn er im Haus ist", sagte Lutz.

Nana nickte.

Als Jesse an der Haustür angekommen war, drehte er sich noch einmal um und winkte ein zweites Mal. Nana kam es wie eine höfliche Aufforderung vor, nun endlich zu fahren. Doch sie winkte dem Teenager nur freundlich lächelnd zurück und machte keine Anstalten, das Auto zu starten.

„Schau. Er zögert", sagte Nana.

„Hmh … ich weiß nicht."

„Du willst nur nicht, dass ich recht behalte. Denn das würde bedeuten, ich hätte feinere Antennen für Menschen als der Herr Autor."

„Quatsch", sagte Lutz eine Spur zu vehement. Nach einer gefühlten Ewigkeit klingelte Jesse an der Haustür. Zu Nanas Überraschung öffnete ihm kurze Zeit später tatsächlich ein Mann, der Ähnlichkeit mit Jesse aufwies. Nana ließ das Fenster bis zur Hälfte hinunter, konnte aber aus der Distanz nicht verstehen, worüber die beiden redeten. Nach einem kurzen Gespräch verschwand Jesse mit seinem Vater im Haus.

„So. Siehst du. Können wir jetzt los? Ich möchte endlich das Stadion sehen."

„Einen Moment noch." Nana starrte auf die Tür und meinte, das Ticken einer Uhr zu hören, was schwachsinnig war, weil sich in ihrem Auto keine Uhr befand, die laut tickte.

„Nana …", startete Lutz fünf Minuten später einen erneuten Versuch.

„Ist ja gut", lenkte sie ein. „Wir können los." In dem Augenblick, in dem sie den Motor startete, öffnete sich die Haustür erneut, und ein aufgelöster Jesse stürmte hinaus. Er drehte sich noch einmal zu seinem Vater, der in der Tür stand, und brüllte ihm wütend etwas entgegen. Hinter ihm tauchte eine Frau auf, die offensichtlich Nachwuchs erwartete. Jesses Vater ging seinem Sohn ein paar Schritte hinterher, als der ihn jedoch ein weiteres Mal anschrie, blieb er stehen. Nana und Lutz stiegen aus dem Wagen und liefen Jesse entgegen. „Hey, ist alles in Ordnung?", fragte Nana und wusste sogleich, dass das eine dämliche Frage war.

Jesse rang mit den Tränen, als er Nana anblickte. „Er hat es versprochen“, sagte er. Dann brachen die Dämme, und er drehte sich noch einmal zu seinem Vater um, der unverändert im Vorgarten stand. „Du hast es versprochen, verdammte Scheiße!“, brüllte er ihn an.

„Jesse“, entgegnete er. „Nun beruhig dich. Bitte versteh doch! Das Kind kann jeden Tag kommen.“ Er drehte sich zu seiner schwangeren Lebensgefährtin, die mit unglücklichem Gesicht im Türrahmen stand und eine Hand an ihren runden Bauch hielt. „Aufgeschoben ist nicht aufgehoben!“ Er warf die Arme in die Luft. „Soll ich dich zum Bahnhof fahren? Ich sage deiner Mutter Bescheid, dass du den nächsten Zug zurücknimmst, damit sie sich keine Sorgen macht.“ Er blickte zu Nana und Lutz. „Haben Sie Jesse hierhergebracht?“

„Ja, haben wir“, entgegnete Nana.

„Wusste seine Mutter davon?“, hakte der Vater nach.

„Du hast es versprochen!“, warf Jesse erneut dazwischen, und seine Stimme brach.

„Ach, Herrgott, Jesse, jetzt hab dich doch nicht so. Sei ein Mann! Wir holen das irgendwann nach.“ Sein Ton wurde aggressiver, und er schlug mit der Hand auf den Gartenzaun.

„Und hör auf, hier herumzubrüllen! Was sollen die Nachbarn denken! Steig jetzt ins Auto, komm.“ Er deutete zur Garage.

„Ich fahr dich zum Bahnhof.“ Er wandte sich an Nana und Lutz: „Danke für Ihre Hilfe.“

Nana fand, es klang wie: Ihr könnt euch jetzt verpissen.

„Wie sagt man in Ostwestfalen: Da nicht für“, murmelte Lutz und schritt entschlossen auf den Vater zu. Wenige Sekunden später war seine Faust in dessen Gesicht gelandet, und sowohl Nana als auch Jesse sogen scharf die Luft ein. Seine Lebensgefährtin schrie panisch: „Oh my gosh, oh my gosh.“ Hatte Lutz den Vater gerade ernsthaft geschlagen? Der

Mann hielt sich schmerzverzerrt die Nase, ein kleiner Rinnsal Blut lief durch seine Finger.

„Keine Sorge, die Nase ist nicht gebrochen. Das hätte ich gespürt“, sagte Lutz in einem ruhigen Tonfall, als er zu Nana und Jesse zurückgekehrt war. „Wir fahren Jesse jetzt zum Bahnhof“, wandte er sich an Nana, die wie hypnotisiert nickte. „Machen Sie sich keine Sorgen. Bei uns ist er in guten Händen“, rief er über die Schulter Jesses Vater zu, der sich nun ein Tuch, das ihm die Partnerin hektisch gereicht hatte, unter die Nase hielt und den Kopf in den Nacken gelegt hatte. „Komm.“ Lutz legte einen Arm um den Teenager und führte ihn zum Wagen. Sie fuhren los, und nach einer Weile sagte Lutz: „Ehen können scheitern. Kinder lässt man aber nicht im Stich. Man hält verdammt nochmal seine Versprechen. Und ein Satz, den ich aufrichtig hasse, lautet: 'Sei ein Mann.'“ Er schnaubte.

„Der Schlag ins Gesicht wirkte ... gekonnt“, entgegnete Nana beeindruckt.

„Ich habe als Jugendlicher einige Jahre lang geboxt.“

„Ach. Deshalb sind die Boxszenen in deinem Buch so plastisch beschrieben. Du weißt, wovon du schreibst.“

„Ja. Aber glaub nicht, dass der Rest auch autobiographisch ist.“

Nana blickte in den Rückspiegel. Jesse schaute schweigend aus dem Seitenfenster, seine rechte Hand lag auf Marvels Zipfelmütze. Er sah blass und erschöpft aus.

„Jesse, dass das Wiedersehen mit deinem Vater so gelaufen ist, tut mir sehr leid“, sagte sie.

„Er hat ja jetzt ganz offensichtlich eine neue Familie. Er braucht mich nicht mehr“, entgegnete der Junge bitter. „Er hat nicht einen Ton davon gesagt, dass seine Neue schwanger ist.“ Lutz schloss für einen Moment die Augen. „Eltern machen manchmal schlimme Fehler, Jesse. Und nicht selten sagen sie dumme Dinge. Dinge wie: 'Sei ein Mann.' Das heißt aber nicht, dass dein Vater dich nicht sehr liebt."

Der Junge starrte wieder schweigend aus dem Fenster. „Deine Mutter weiß nicht, dass du hier bist, richtig?", fragte Nana vorsichtig.

Jesse schüttelte langsam den Kopf.

Lutz seufzte. „Die Mails ... die hast du geschrieben?"

„Ja", entgegnete er kleinlaut. „Von Mamas Account. Sie denkt, ich übernachte bei einem Freund. Sie und Dad streiten sofort, wenn sie miteinander reden. Ich wollte sie nicht aufregen. Sie arbeitet so hart. Aber ich wollte auch ..." Jesse stockte.

„... du hast deinen Vater vermisst", half Lutz ihm aus.

„Ja." Jesse fuhr sich durchs Gesicht.

„Das verstehe ich gut." Lutz atmete hörbar aus.

„Ihr könnt mich zum Bahnhof fahren. Ich komm dann zurecht. Sorry für die Umstände", murmelte er. Der Ton verriet, dass Jesse gerade weit entfernt davon war, allein zurecht zu kommen. Er war ein wütender Teenager. Das war eine gefährliche Kombination. Nana würde ihn nicht einfach am Bahnhof absetzen, sondern seine Mutter informieren. Sie wollte Jesse gerade antworten, als Lutz ihr zuvor kam.

„Nein, das ist keine gute Idee. Wir rufen deine Mutter an und besprechen mit ihr, wie es nun weitergehen soll. Vielleicht möchte sie dich ja abholen. Und bis dahin musst du mit unserer Gesellschaft leben."

Jesse schwieg für einen Moment. Dann entgegnete er: „Okay. Aber ich möchte meine Mutter selbst anrufen und ihr sagen, dass ich Mist gebaut hab."

Lutz nickte anerkennend. „In Ordnung."

Nana zog den Zündschlüssel aus dem Schloss und blickte an dem Gebäude hoch. Das Loft, das sie für ihren Aufenthalt in Liverpool gemietet hatte, lag herrlich zentral. Von hier aus könnten sie zu Fuß die Innenstadt und den Hafen erkunden. Seufzend zückte Jesse sein Handy, rief seine Mutter an und beichtete ihr, was geschehen war. Nana hörte die aufgeregte Stimme der Frau. Nach einer Weile reichte er das Smartphone nach vorne. „Sie möchte mit einem von euch sprechen." Lutz nahm den Anruf entgegen und erreichte mit einer geschickten und einfühlsamen Gesprächsführung, dass die Stimme am anderen Ende mit der Zeit ruhiger klang. Am Schluss des Telefonates hörte Nana sogar ein kurzes Lachen. „Deine Mutter holt dich heute Abend ab. Sie leiht sich nach ihrer Schicht das Auto eurer Nachbarin. So lange bleibst du bei uns. Wie gut kennst du Liverpool?"

„Ich war mit meinem Vater vor zwei Jahren in der Beatles-Ausstellung."

Lutz stimmte die Melodie von *Yesterday* an.

„Oh, nein!" Nana hob warnend den Zeigefinger. „Es war schon schlimm genug, dass ich all die Shakespeare-Zitate in Stratford ertragen musste." Sie stieg aus. „Wehe, du singst jetzt die ganze Zeit Lieder von den Beatles!" Mit schmalgezogenen Augen blickte sie Lutz über das Autodach hinweg an. „Wie, bitte schön, kann man die Lieder der Beatles nicht mögen? Hast du denen eine Fünf in Musik zu verdanken?" „Ich mag die Songs! Wenn sie von den Beatles gesungen werden. Und wenn ich bestimme, wann ich sie höre", entgegnete sie.

Jesse grinste. „Seid ihr eigentlich verheiratet? Ihr klingt wie ein altes Ehepaar", urteilte er, Marvel unter den Arm geklemmt.

„Wir sind nicht zusammen!", beeilte sich Nana aufzuklären.

„Was seid ihr denn?", fragte Jesse.

Lutz blickte Nana amüsiert an und zog dabei die Stirn fragend hoch.

„'Wer' wäre wahrscheinlich die drängendere Frage“, antwortete er schließlich, nachdem Nana keine gescheite Antwort hatte einfallen wollen. „Ich denke, wir sind beide dabei, das herauszufinden.“

ROT

Nach der ganzen Aufregung hatten sie sich zunächst mit einem deftigen Mittagessen bei Maggie Mays gestärkt. Die Adresse hatte ihnen die freundliche Vermieterin genannt, nachdem sie ihnen den Schlüssel für das Loft überreicht hatte. In dem Café, das nur einen Katzensprung von ihrer Bleibe entfernt lag, gebe es ein vorzügliches Scouse, eine lokale Spezialität. Die Vermieterin hatte nicht zu viel versprochen: Der Eintopf, der hauptsächlich aus Gemüse und Fleisch bestand, schmeckte und wärmte von innen. Die sympathische Bedienung hatte ihnen erklärt, dass der Dialekt, den die Stadtbewohner sprachen, nach eben dieser Eintopfspezialität benannt war und die Einwohner umgangssprachlich deshalb auch Scousers genannt wurden.

Anschließend waren sie zu einem langen Verdauungsspaziergang durch das berühmte Hafenviertel Royal Albert Dock aufgebrochen. In die alten Lagerhallen waren Bars, Restaurants und Museen eingezogen und machten das Viertel zu einem beliebten Ausflugsziel. Jesse trug bereitwillig Marvel mit sich und setzte ihn gemeinsam mit Nana liebevoll auf ihren Fotos in Szene. Es freute sie, dass sie ihn damit zumindest zeitweise ablenken konnte. Sie lachten viel, während sie überlegten, wo sie Marvel noch platzieren könnten. „Mit Jesse macht das viel mehr Spaß als mit dir. Er hat ein gutes Auge!", neckte Nana Lutz.

Der grummelte halb ernsthaft, halb belustigt eine Antwort, aus der Nana lediglich „überflüssig" heraushörte, und besorgte sich währenddessen in einem der Cafés einen Earl Grey.

Als Nana die *tate* im Hafenviertel entdeckte, stellten sich unmittelbar die kleinen Härchen auf ihren Armen auf. Sie genoss den wohligen Schauer, der sie stets durchfuhr, wenn sie sich mit Kunst beschäftigen konnte.

„Hey, ihr beiden, ich würde da gerne rein und mir ein paar Werke anschauen." Sie deutete auf das rote Backsteingebäude, in dem das Museum für moderne und zeitgenössische Kunst untergebracht war. „Kommt ihr mit?"

Lutz blickte in Jesses Gesicht, das wenig Begeisterung ausdrückte. „Ich denke," entgegnete er, „wir warten hier draußen auf einer der Bänke und, wie sagt man so schön: chillen. Vielleicht holen wir uns dafür ein Eis. Und planen die Busfahrt zum Stadion."

Sie nickte Lutz dankbar zu. „Dann bis gleich."

Das runde Eisengestell, das über dem Museumseingang hing und auf dem in abwechselnd weißen und roten Leuchtbuchstaben *tate* geschrieben stand, erinnerte Nana an einen riesigen Kronleuchter. Farbige Wörter empfand sie häufig als anstrengend, weil die gewählten Farben selten mit den Farben übereinstimmten, in der sie einzelne Buchstaben oder ganze Wörter vor ihrem inneren Auge sah.

Zügig betrat sie das Museum durch die orangefarbene Drehtür, denn sie wollte keine Zeit verlieren. Sie hatte Glück und erhielt ein Zeitticket, dass ihr in wenigen Minuten den

Zutritt gewähren würde. Kribbelig nahm Nana eine Broschüre in die Hand, die über die laufenden Ausstellungen informierte. Da sie Lutz und Jesse nicht ewig warten lassen wollte, würde sie sich auf „Constellations“ und „Op Art“ beschränken, die sich in der ersten und zweiten Etage befanden. Erstere versammelte in den einzelnen Räumen Kunstwerke verschiedener Künstler, die etwas Gemeinsames verband. Letztere widmete sich der sogenannten Optical Art. Endlich durfte sie eintreten und folgte den Wegweisern. Auf der ersten Ebene waren Werke nordamerikanischer Künstlerinnen und Künstler nach 1945 zusammengestellt. Ein Bild von Mark Rothko stach ihr ins Auge, das den Titel *Light Red over Black* trug. Die rote Farbe auf der Leinwand pulsierte. Zwei schwarze Rechtecke überlagerten Teile des Rotes. In ihnen entdeckte Nana hier und da blaue Farbpigmente – es war ein wunderschönes Blau – was den Kästen eine unterschiedliche Tiefe verschaffte. An den Rändern franste die Farbe – nein, korrigierte Nana sich innerlich, sie lief aus, ähnlich wie bei einem Blowout eines gestochenen Tattoos. Die angeordneten Rechtecke sollten die Assoziation eines Fensters hervorrufen, las Nana. Jetzt, wo sie das wusste, sah sie es, doch für sie fühlte es sich gegenteilig an. Das Schwarz ließ dem leuchtenden Blau keinen Platz mehr. Für Nana wirkte es, als habe jemand mit kräftigen Pinselstrichen das Fenster übermalt – es verschlossen mit der dunkelsten und hoffnungslosesten Farbe. Das bedeutete nicht, dass sie das Bild nicht mochte. Ihr gefiel, nein, ein besseres Wort war: respektieren – sie respektierte die gewaltige Kraft, die in ihm lag, auch wenn diese sich für sie bedrohlich anfühlte.

Mark Tobeys *Northwest Drift*, ein Bild in hellem Blau, das durch die Technik, wie die Pinselstriche aufgetragen worden waren, bestach, schenkte ihr ein erfrischendes Kontrastprogramm. Tobey hatte Kalligraphie in China und Japan studiert und danach eine Technik entwickelt, die er *white writing* nannte – das Malen mit schnellen Pinselstrichen. Nach einer Weile löste sie sich von dem Blau, das für ihre innere Stärke so wohltuend wie eine Stunde Yoga war, warf einen kurzen Blick auf die übrigen Bilder, von dem sie keines unmittelbar in ihren Bann schlug und beschloss, den nächsten Raum aufzusuchen. Bereits vor Jahren hatte sie sich davon gelöst, jedes Objekt in einer Ausstellung betrachten zu müssen. Die Auseinandersetzung mit Kunst bedeutete für sie intuitives Verständnis, spontanes Interesse, ein Aufschreien oder ein zartes Berührtsein. Es dufte aber kein Wollen für sie werden, kein Zugangsversuch allein über den Kopf. „Kunst kommt von Können. Käme sie von Wollen, hieße sie Wunst", schoss ihr ein Spruch in den Kopf, den sie einst gelesen und der ihr ein Lächeln auf die Lippen gezaubert hatte. Genau so war es. Beim Wollen ging das Sinnliche verloren. Der Kunst, so empfand es Nana, wurde man nur gerecht, wenn man sie mit allen Sinnen aufnahm. Kunst innig zu erfahren war für sie wie guter Sex: Viel Körper, viel erspüren, ertasten, erfühlen, erforschen – und möglichst wenig Geist. Der konnte sich später dazugesellen.

Im nächsten Raum stand Wassily Kandinskys *Cossacks* im Mittelpunkt. Hier war es die Verbindung von Farbe, Musik und Spiritualität, die die ausgestellten Werke verband.

„Oh", entfuhr es ihr begeistert, als sie Kandinskys Kunst und die der anderen sah. Sie setzte sich in die Mitte des Raumes auf den Boden und ließ die Bilder auf sich wirken. „Im Allgemeinen ist also die Farbe ein Mittel, einen direkten Einfluß auf die Seele auszuüben", erinnerte sich Nana. Sie hatte nicht viel über Kunst gelesen – aber Kandinskys *Über das Geistige in der Kunst* hatte sie in einer Zeit aufgesogen, in der sie ihre Mutter ganz besonders schlimm vermisst hatte. Sie hatte das Buch Nana kurz vor dem Abitur mit den Worten geschenkt: „Hier, lies mal. Großer Künstler. Seine Sinne verschmolzen wie unsere. Vielleicht hilft dir das Buch." Nana lief ein kalter Schauer ihren Rücken hinunter, wenn sie an den letzten Satz dachte – als habe ihre Mutter geahnt, was passieren würde. Plötzlich bemerkte sie einen Tropfen Blut an ihrem Daumen, hörte auf zu knibbeln und erhob sich, um noch schnell die Installation von Jim Lambie zu begutachten, bevor sie sich wieder zu Jesse und Lutz gesellen würde.

Zobop, so hatte der Künstler sein Werk genannt, musste Nana nicht lange suchen – es warf sich ihr sprichwörtlich zu Füßen. Der Boden des Museums war mit farbigen psychedelischen Mustern ausgelegt – es führte Nana sofort vor Augen, was mit „Optical Art" gemeint war. Was für ein Gefühl es wohl sein musste, seine Kunst in der Öffentlichkeit ausgestellt zu sehen? Nana seufzte. Um Haaresbreite hätte sie es selbst erfahren.

2020

„Es tut uns wirklich leid", sagte die Galeriemitarbeiterin am Telefon. „Aber ich bitte Sie um Verständnis, dass wir unter diesen Umständen keine neuen Verträge abschließen." Die Frau räusperte sich, und Nana spürte, dass ihr das Telefonat auch Bauchschmerzen bereitete.

„Das verstehe ich. Ich habe ja auch nichts davon, wenn die Galerie geschlossen ist. Niemand würde meine Bilder sehen." Nana machte eine kurze Pause, kniff die Augen zu und nahm dann ihren ganzen Mut zusammen. „Aber wenn alles wieder normal ist, dann könnten wir die geplante Zusammenarbeit doch durchführen."

Am anderen Ende der Leitung blieb es viel zu lange still. Schließlich entgegnete die Frau: „Wir können nicht absehen, wann alles wieder normal ist. Hinzu kommt, dass wir in einem Vierteljahr eine neue Geschäftsführung bekommen. Da werden die Würfel neu gemischt. Und …", die Frau stockte kurz, bevor sie fortfuhr, „das sage ich Ihnen jetzt im Vertrauen: Vermutlich wird die Galerie ganz anders ausgerichtet. Da würden Ihre Werke …"

„… nicht reinpassen", komplettierte Nana matt. Sie führte den Cursor der Maus, mit dem sie über den Bildschirm gekreist war, zu

der Mail, in der der Vertragsentwurf von vor einem Monat angehängt war. Sie markierte die Nachricht und klickte auf löschen. „Verstehe. Danke für Ihre Ehrlichkeit und Ihnen alles Gute." Nana legte auf, ohne eine Antwort abzuwarten.

„Nimm's nicht so schwer. Vielleicht ist es besser so", hatte Phillip gesagt, als sie ihm abends von dem geplatzten Galerie-Vertrag erzählt hatte. „So kannst du dich ganz auf deine richtige Arbeit konzentrieren. Dein Chef hat dir doch gerade erst gesagt, dass er dir bald mehr Verantwortung übertragen will. Auf Dauer ist das bedeutend lukrativer, das weißt du selbst. Eigenheim in Bielefeld ist teuer. Das kann ich nicht allein stemmen. Und Elsa braucht ja auch noch deine finanzielle Unterstützung." Vielsagend hatte er die Augenbrauen hochgezogen. „Es wird Zeit, erwachsen zu werden, hm? Sich auf die wichtigen Dinge im Leben und nicht auf Träumereien zu konzentrieren. Von nix kommt nix." Er wuschelte ihr durchs Haar, obwohl er wusste, dass sie das hasste, holte die Milch aus dem Kühlschrank und trank direkt aus der Flasche, obwohl er wusste, dass sie das noch mehr hasste. „Behalt's als Hobby, Nana."

Sie hätte Phillip an dem Abend gerne eine reingehauen. Ihr großer Traum war in tausend Stücke zersprungen, ihr Herz kaputter, als es ohnehin schon gewesen war, ihre Oma lag noch immer im Krankenhaus, und er hatte von Dingen gefaselt, die wirklich wichtig waren.

Nana blickte aus dem Fenster. Unten auf der Bank saßen Jesse und Lutz. Lutz, der sich als ein erstaunlich unterhaltsamer Reisegefährte herausstellte. Sie wandte sich wieder dem Raum zu, betrachtete noch einmal den krassbunten Boden, tanzte ein paar Schritte darüber, um ihn auf ihre Weise zu huldigen, und kehrte zurück zu den beiden Männern, die draußen auf sie warteten.

MOOSGRÜN

Sie hatten die Stadionführung absolviert, Marvel vor der berühmten Tribüne *The Kop* und vor dem eisernen Tor fotografiert, über dem in geschwungener Schrift YOU'LL NEVER WALK ALONE geschrieben stand. Währenddessen hatten Jesse und Lutz ununterbrochen über Fußball geredet, bis Nana lautstark verkündet hatte, dass sie dringend ein Bier bräuchte, um dieses uninteressante Geschwafel weiter ertragen zu können.

Zur Belustigung ihrer Bedienung stand nun der Supermann-Gartenzwerg mitten auf dem Tisch im *Boot Room Sports Café,* das direkt am Stadion lag. Dort hatten sie sich mit Jesses Mutter zum Abendessen verabredet. Sichtlich abgehetzt war sie eine halbe Stunde später als vereinbart zu ihnen gestoßen: „I am so, so sorry. Traffic was hell!"

Zunächst hatte sie ihren Sohn fest umarmt und ihm liebevoll einen Kuss auf den Kopf gegeben, was er mit zugekniffenen Augen ertragen hatte. Anschließen überprüfte er blitzschnell, ob seine gegelte Frisur die Liebkosung überlebt hatte. Währenddessen hielt seine Mutter ihm eine kurze und knackige Moralpredigt, in der sie ihn für sein verantwortungsloses Verhalten rügte und ihm unmissverständlich klarmachte, dass sie an diesem Tag tausend Tode gestorben war. Hektisch, ja fast trotzig hatte sie danach ihre Tränen aus den Augen gewischt, sich Lutz und Nana als Lucie vorgestellt, ihnen überschwänglich gedankt und sie zum Abendessen eingeladen.

„It's one of those days", hatte sie gemurmelt, nachdem sie sich endlich neben Jesse auf die rote Bank gesetzt und dabei tief durchgeatmet hatte. „Who's that?", fragte sie irritiert und zeigte auf Marvel.

Nana erzählte die Geschichte des Gartenzwergs und nun lachte Lucie Tränen. In Jesses Blick, den er seiner Mutter zuwarf, war Erleichterung zu sehen.

Schließlich, bemerkte Nana überrascht, entwickelte sich das Treffen zu einem lustigen und harmonischen Zusammensein. Lutz stellte sich als erstklassiger Unterhalter heraus, der Jesses Mutter ständig zum Lachen brachte. Nana schien es, als habe Lucie nahezu darauf gewartet, endlich Anlässe zum Lachen zu haben. Sie nahm auch Lutz' schlechte Witze dankbar an. Als Jesse die Toilette aufsuchte, wurde sie noch einmal ernst und betonte, wie dankbar sie war. „Mein Sohn und ich haben eine schwierige Zeit hinter uns. Die Trennung, die Pandemie … Ich bin Krankenschwester. Jesse hat mich in der ganzen Zeit kaum gesehen. Und sein Opa, zu dem er ein enges Verhältnis hatte, also, mein Vater ist letztes Jahr an Krebs gestorben." Sie seufzte und blickte aus dem Fenster. „Ich frage mich, wann ich die Zeit finde, um zu trauern. Er ist schon seit einem Jahr tot." Sie blickte für einen Augenblick in das Café, ohne dass ihre Augen etwas Konkretes zu fixieren schienen. „Anyway", sie schüttelte ihren Kopf, „ich bin so dankbar, dass Jesse zu euch ins Auto gestiegen ist. Wäre meinem Sohn etwas passiert, dann weiß ich nicht …"

„Aber alles ist gut“, warf Nana sofort ein und dachte: *Don't go down that road.*

„Ich habe noch eine Bitte“, übernahm Lutz wieder das Gespräch. „Falls Ihr Ex-Mann Sie anruft, geben Sie ihm nicht meine Kontaktdaten.“ Er grinste schelmisch. „Es könnte sein, dass er mich wegen Körperverletzung anzeigen will.“

Lucies Augen weiteten sich, und gerade als Lutz mit der sehr blumigen Beschreibung seines rechten Hakens abgeschlossen hatte und Lucie erneut in schallendes Gelächter ausbrach, kam Jesse zurück an den Tisch. „Ich weiß nicht, wann du das letzte Mal so häufig gelacht hast wie heute Abend, Mum.“

Liebevoll strich sie ihrem Sohn über den Arm. „Ich lasse das wieder zur Gewohnheit werden“, versprach sie ihm. „Das verschreibe ich mir selbst. Lachen ist gesund.“ Lucie blickte auf die Uhr. „Oh my, es ist spät geworden! Wir sollten uns dringend auf den Weg machen. Ich habe morgen Frühschicht.“ Sie verabschiedeten sich herzlich voneinander, und als Jesse mit seiner Mutter bereits auf den Ausgang zusteuerte, rief Nana plötzlich: „Stopp!“ Schnell schnappte sie sich den Zwerg vom Tisch und drückte ihn Jesse in die Hand. „Marvel passt ab sofort auf deine Mum und dich auf. Er ist euer Schutz … zwerg.“ Sie lachte.

Jesse blickte zunächst auf Marvel, dann zu Nana und drückte sie plötzlich so fest an sich, dass sie in seiner Umarmung überrascht erstarrte. „Danke, Nana. Für alles.“

Der Abend war klar und kühl. Nana und Lutz waren nach dem Essen noch durch das Wohnviertel Anfield spaziert und kehrten nun in Richtung der Haltestelle zurück, um den Bus ins Zentrum zu nehmen. Plötzlich blieb Lutz stehen und deutete mit seinem Kopf auf den Eingang eines Pubs. „Da drin ist es warm. Und die Gespräche der Einheimischen an der Theke sind bestimmt sehr inspirierend.“

„Kann es sein, dass du einfach nur noch ein Pint trinken möchtest?"

„Gut möglich."

Nana lachte und folgte seiner einladenden Geste ins Innere. Dann würden sie eben einen späteren Bus nehmen. Die Eckkneipe war gut gefüllt, die Luft bierschwanger. An den Wänden hingen Bilder glorreicher Fußballmomente. Lutz und Nana ergatterten zwei Plätze an der Theke und hielten wenig später ein Lager in ihren Händen. Nana blickte sich um, entdeckte wenige Frauen und viele Männer. Kräftig gebaute Männer. „Hier brichst du heute Abend besser niemandem die Nase", sagte sie. „Das könnte übel ausgehen."

Lutz lachte. „Ich habe nicht das Bedürfnis, andere Menschen grundlos zu verletzen. Das heute war …"

„… zumindest kein Einzelfall", fiel Nana ihm ins Wort und hob den Zeigefinger. „Yasemin hat mir erzählt, dass du vor ihrem Kiosk einem Mann an den Kragen gegangen bist." Er nahm ein Schluck Bier. „Das stimmt. Aber nur an den Kragen. Und er hatte es verdient. Wir werden gerne das starke Geschlecht genannt. Das trifft in meinen Augen lediglich auf die physische Kraft zu, und ich ertrage es nicht, wenn sich deshalb eine Frau bedroht fühlen muss."

„Hear, hear! Darauf lass uns anstoßen." Nana hielt ihm ihr Glas hin, und er prostete ihr zu. „Kennst du die Anekdote von Churchill – also dem echten, nicht deinem Hamster – und dem Straßenfeger?" Lutz schüttelte den Kopf. „Das Ehepaar Churchill soll eines Tages durch London spaziert sein. Die Menschen grüßten, einige hielten einen kurzen Plausch mit dem Premierminister. Ein Straßenkehrer begrüßte aber vor allem Frau Churchill, und die zwei unterhielten sich eine ganze Weile vertraut miteinander. Als sie weitergingen, fragte Churchill seine Frau, was sie so lange mit dem Straßenfeger zu besprechen gehabt hätte, und sie antwortete, dass er vor langer

Zeit verliebt in sie gewesen sei. Churchill schmunzelte und entgegnete: 'Siehst du, wenn du ihn geheiratet hättest, wärst du heute die Frau eines Straßenfegers.' Seine Ehefrau schaute ihn daraufhin verwundert an und antwortete: 'Aber nein, Darling, wenn ich ihn geheiratet hätte, wäre er heute Premierminister.'"

Lutz schmunzelte und blickte ihr dabei tief in die Augen. Sie hielt seinem Blick stand. Schließlich hob er sein Glas: „Auf das wahre starke Geschlecht. Cheers."

„Cheers", entgegnete Nana.

„Meine Nahkampfkünste habe ich übrigens meinem Vater zu verdanken. Er war es, der mich im Boxclub angemeldet hat", erzählte Lutz unvermittelt. „Damit ich – Achtung – endlich lerne, meinen Mann zu stehen." Er verzog den Mund zu einem bitteren Lächeln. „Kurz zuvor hatte er mich aus der Literatur-AG abgemeldet. Gedichte schreiben sei nur etwas für Schwächlinge."

„Du schreibst auch Gedichte?", fragte Nana interessiert.

„Nein. Aber die Welt meines Vaters war einfach gestrickt: Schreiben gleich Gedichte gleich Weiberkram."

„War? Ich dachte, er lebt noch?"

„Das tut er. Seit ich ihm mitgeteilt habe, dass ich seine Firma nicht übernehme, hat er jedoch kaum noch ein Wort mit mir gesprochen. Das war vor über 20 Jahren."

Nana schluckte. „Und was ist mit deiner Mutter?"

„Wir haben sporadisch Kontakt. Karin ist ein grundgütiger Mensch und ich glaube, sie liebt mich wirklich. Aber aus den unzähligen Kämpfen, die ich mit meinem Vater ausgefochten habe, hat sie sich herausgehalten. Sprach, schrie oder entschied Heinz, dann schwieg sie." Er nahm einen Schluck Bier. „Und das war das Schmerzhafteste. Nicht das Brüllen meines Vaters."

Nana nickte und gab dem Barkeeper mit einer Geste den Hinweis, dass sie Nachschub brauchten.

„Wusstest du, dass das *Victory*-Zeichen", Lutz ahmte ihre Geste nach, „in England als Beleidigung gilt?"

Nana schaute ihn geschockt an. „Jetzt echt?"

Er lachte. „Jetzt echt. Es ist in etwa vergleichbar mit unserem Mittelfinger."

Nana nahm die Hände vors Gesicht. „Wie peinlich!"

Er nahm ihre Hände in seine, schob sie langsam hinunter, bis sie in ihrem Schoß lagen und hielt sie dort für einen Moment fest, während er lächelnd weiterredete. „Keine Sorge. Deine Handinnenfläche hat zu ihm gezeigt. Das ist die halbe Miete. Um ihn zu beleidigen, muss der Handrücken zum Gegenüber zeigen."

Er griff zu seinem Glas, und Nana stellte zu ihrer Überraschung fest, dass sie es schade fand, dass seine Hände nun nicht mehr auf ihren lagen. Vielleicht, dachte sie, sollte ich das nächste Bier lieber doch ausschlagen. Der Barkeeper näherte sich mit zwei vollen Gläsern und stellte sie wortlos vor ihnen ab.

„Puuh", sagte Nana erleichtert.

„Im Zweifel hätte ich ihm einen Nasenhaken verpasst, und wir wären schnell geflüchtet."

Nana lachte. „Nach diesem Bier muss ich ins Bett", kündigte sie an und prostete Lutz zu. „Morgen geht's über die Grenze!"

Sie fuhren mit dem Bus zurück, irgendwann legte Nana ihren schweren Kopf auf Lutz' Schulter und schloss die Augen. „Die nächste Haltestelle müssen wir raus", sagte Lutz schließlich, und sie entgegnete: „Können wir nicht noch eine Runde fahren?"

Sie hatte sein Lächeln gespürt, dann das auffordernde Zucken seiner Schulter.

„Ja, ja, ist ja schon gut", hatte sie gemurmelt, widerwillig die Augen geöffnet und war schlaf- und ein bisschen biertrunken aus dem Bus hinaus in die kühle Nacht getorkelt. „Rechts", hatte Lutz sie dirigiert, als Nana auf dem Bürgersteig stehengeblieben war. Er hatte sie untergehakt, bis sie an ihrem Appartement angekommen waren.

Doch jetzt, wo Nana endlich im Bett lag und Lutz auf der Couch, war sie plötzlich wieder hellwach.

„Lutz?", fragte sie in die Dunkelheit.

„Hm?"

„Was stand in dem Buch?"

„In welchem Buch?"

„In dem Buch, das dir Amelie gegeben hat."

Sie hörte, wie er sich umdrehte. Wahrscheinlich lag er jetzt auf dem Rücken, dachte Nana, starrte an die Decke und überlegte, ob er antworten würde.

„Es ist ein kleiner Band mit Aphorismen und Gedichten von Peter Horton. Amelie hat das Eselsohr gesetzt bei: 'Sucht ist Sehnsucht, alte Trauer zu heilen'."

„Stand auf der Seite nur diese Zeile oder warum weißt du, dass sie das meinte?"

„Ich weiß es, weil – auch wenn ich es nur ungern zugebe – es wie die Faust aufs Auge passt." Er machte eine kurze Pause. „Und weil sie ein Kreuzchen an die Stelle gemalt hat." Nana lächelte. „Trifft es so gut auf dich zu wie der erste Aphorismus, den sie im Auto zitierte? 'Zynismus ist steckengebliebene Trauer'?"

„Du findest mich zynisch?"

„Nicht immer. Aber immer wieder."

Für einen Augenblick umgab sie erneut nur die Stille und Dunkelheit. Angst vor der Dunkelheit war ihr fremd. Nana empfand sie als etwas Umarmendes, Schützendes. Das Wort erschien vor ihrem inneren Auge braun-golden-orange schimmernd und weckte bei ihr ein wohliges Gefühl, ähnlich wie der Anblick eines Lagerfeuers.

Er seufzte. „Tja. Ich befürchte, da könnte etwas dran sein."

„Alkohol? Drogen?", mutmaßte Nana.

„Nein", antwortete er leise.

2019

„Rien n'a va plus – nichts geht mehr."

Er beobachtete die Kugel im Kessel, wie sie über die einzelnen Fächer sprang, spürte dieses erwartungsvolle Kribbeln, die Angst, die Hoffnung, die Spannung, die …

Und dann, Sekunden später, schloss er die Augen. Alles war falsch.

Und alles war verloren. Er schreckte hoch, blickte in seine rechte Hand, natürlich hielt er darin keine Jetons, er lag im Bett. Jede verdammte Nacht träumte er von diesem letzten Versuch. Der letzte Versuch nach dem letzten davor und dem eigentlich schon allerletzten davor.

'Komm, nur noch einmal.'

Nur noch ein Abend, um mit so viel Geld wieder nach Hause gehen zu können, dass die nächste Miete und die nächste Stromrechnung keine Panik verursachen würden. Er hatte sorgfältig recherchiert, hatte viel gelesen über Wahrscheinlich-keit, Taktik, Gewinnstrategien. Black Jack und American Roulette waren seine Fachgebiete. Gleichzeitig war er klug und reflektiert genug, um zu wissen, dass er sich die gesamte Zeit selbst betrogen hatte.

Kurzzeitig hatte es geholfen. Es hatte ihn von dem Druck und Frust abgelenkt, den er verspürt hatte, wenn er über seinem Manuskript gesessen und keine einzige weitere Zeile zustande gebracht hatte.

Vor zig Monaten hatte ihn ein Bekannter angerufen und gefragt, ob er nicht spontan mit ins Casino kommen wollte. Seine eigentliche Begleitung hätte abgesagt. Lutz hatte an diesem Tag drei Stunden lang auf die leere Seite seines Notebooks gestarrt.

„Klar", hatte er geantwortet und war selber erstaunt gewesen. Aber er hatte fliehen müssen. Aus seiner Wohnung, weg vom Notebook und der weißen Seite, die ihn feindselig anstarrte und ihm signalisierte, dass er es eben doch nicht draufhatte. Dass er nur einen Glückstreffer gelandet hatte und – wie sein Vater früher gepredigt hatte – aus einem Raben kein Distelfink wurde.

„Aus einem Raben wird kein Distelfink", tippte er auf die Seite, während er mit seinem Bekannten telefoniert und die letzten Details besprochen hatte.

Er hatte sich an dem Abend amüsiert und einen Grund gehabt, sich anständig anzuziehen und zu rasieren. Und ja, er hatte die zugewandten Blicke mancher Frauen genossen. Nicht jede schien ihn für einen Raben zu halten. Am Ende des Abends hatte er 200 Euro gewonnen. Danach war er häufiger allein ins Casino gegangen. Mal hatte er gewonnen, mal verloren. Seine Einsätze wurden höher. Statt zu schreiben, las er über Spielstrategien.

Bis zum gegenwärtigen Tag hatte das Manuskript 43 geschriebene von geplanten 300 Seiten. In der letzten Zeile stand noch immer 'Aus einem Raben wird kein Distelfink.' Vor einem Monat hätte er seinen neuen Roman abgeben sollen.

Er wischte sich die schweißnasse Stirn an seinem Shirt trocken und goss sich in der Küche ein Glas Wasser ein. Morgen war Silvester. Lutz schaute aus dem Fenster auf die leere Straße und die leuchtende Laterne. Morgen um diese Zeit würden auf der Straße Müllberge abgeflammter Böller und Raketen liegen. Er startete in ein neues Jahr mit einem Berg Schulden, einem geplatzten Buchvertrag, mit einem Häufchen Elend an Selbstbewusstsein und keiner Perspektive.

Aber vielleicht könnte er …

Ohne das Licht anzuknipsen, klappte Lutz im Wohnzimmer das Notebook auf und schrieb seinem alten Schulfreund aus Bielefeld eine E-Mail. Vielleicht galt sein Angebot noch. Eine Dozentenstelle für Kreatives Schreiben würde ihm eine Aufgabe und etwas Geld einbringen. Um 3.47 Uhr schloss er das Notebook, schluckte eine Schlaftablette und schlief bis zum Silvestermittag.

„Deshalb bist du zurück in deine alte Heimat gegangen. Du hast die Stelle bekommen“, schlussfolgerte Nana, nachdem Lutz ihr alles erzählt hatte.

„Genau. Auch wenn das Seminar im Sommersemester dann nur online abgehalten wurde. Die Pandemie war hilfreich für mich.“

„Hilfreich?“, fragte sie ungläubig.

„Ja. Die Casinos mussten schließen, und das gesamte öffentliche Leben wurde heruntergefahren. Ich wurde auf mich fokussiert und konnte mir nicht mehr ausweichen.“ Nana zuckte mit den Schultern. „Du hättest auf Online-Spiele ausweichen können.“

„Habe ich auch versucht. Aber das war glücklicherweise nicht dasselbe. Das Physische spielt tatsächlich eine Rolle für mich. Dort an diesem Tisch zu stehen. Mit einem realen Croupier, die Jetons in den Händen zu spüren …“

„So wie ein Live-Konzert eben ein Live-Konzert ist und ein Album ein Album.“

„Ja. Schließlich habe ich mir Hilfe bei einer Beratungsstelle für Spielsucht geholt. Und am sechsten Mai 2020 habe ich mich freiwillig als Spieler gesperrt.“

„Du solltest dieses Datum jedes Jahr feiern." Sie zögerte kurz. „Darf ich fragen, wie viel du insgesamt verspielt hast?"

„30 000 Euro."

„30 … oh. Wow."

„Ja. Ich war pleite. Na ja. Es ging dann langsam wieder bergauf. Die Dozentenstelle habe ich bis heute, zwischendurch verdiene ich noch etwas Geld mit Artikeln, und vor kurzem konnte ich dann sogar in die größere Wohnung ziehen."

„Und jetzt willst du wirklich wieder ein Buch schreiben?"

„Ja, unbedingt." Er schwieg für eine Weile, doch Nana spürte, dass er noch etwas nachsetzen würde. „Welche Farbe trägt das Wort Buch?", fragte er schließlich.

Sie lächelte. „Moosgrün."

„Schön. Moosgrün ist schön. Gute Nacht, Nana."

„Gute Nacht, Herr Autor."

NEONGELB

I know there's something in the wake of your smile …

„Warum grinst du so?"

„Ich grinse nicht. Ich lächle", entgegnete Lutz.

Nana stellte das Autoradio leiser. „Wo ist denn da der Unterschied?"

„Mit Grinsen verbinde ich etwas Triumphierendes. Mit Lächeln nicht."

„Aha. Und warum lächelst du?"

„Deshalb." Er drehte das Radio wieder lauter.

„Roxette. Teil meiner Jugend. Zu dem Lied habe ich den heißersehnten Klammerblues mit Nadine aus meiner Klasse getanzt. Aus uns wurde nichts, weil sie sich für den zwei Jahre älteren Timo entschieden hat. Klar. Aber den Klammerblues in dem abgedunkelten, viel zu warmen Raum mit der kleinen Diskokugel nimmt mir keiner. Himmel, was war ich cool damals! Ich trug an dem Nachmittag Stirn- und Schweißband von Fila und hatte meine Igel-Frisur mit Gel und Haarspray betoniert. Einmal waschen reichte nicht, um das Zeug wieder herauszukriegen."

Nun lächelte Nana. Das Navigationssystem verkündete, dass sie die nächste rechts fahren und bald ihr Ziel erreichen würden.

„Ich weiß noch, dass ich wirklich betroffen war, als ich vom Tod der Sängerin Marie hörte", sagte Lutz verwundert mehr zu sich selbst als zu ihr.

„Weil es sich für dich so angefühlt hat, als ob ein Stück deiner Jugend mit ihr gestorben ist", mutmaßte Nana und bog ab. Linksverkehr und abbiegen forderte noch immer ihre höchste Konzentration.

„Wahrscheinlich."

„Die Szene mit Stirnband, Klammerblues und Igel-Frisur könntest du jedenfalls in dein Buch einbauen. Ich würde sie gerne lesen."

„Das Stirnband war übriges neongelb."

Nana lachte und fuhr auf das große Parkplatzgelände, das nun vor ihnen auftauchte. „Welcome to Edinburgh!"

Ihre gründliche Reisevorbereitung hatte ergeben, dass längeres Parken in der Innenstadt fast unmöglich und definitiv unerschwinglich war. Deshalb hatten sie entschieden, einen der Park-and-Ride-Parkplätze am Stadtrand zu nutzen. Um Edinburgh zu erkunden, bräuchten sie ohnehin keinen Wagen. Wie jedes Mal, wenn sie eine weitere Station auf ihrer Reise erreicht hatten, streichelte Nana liebevoll über das Cockpit ihres Toyotas und sagte: „Danke, dass du uns sicher hierhergebracht hast." Und wie jedes Mal schwieg Lutz, wenn sie das tat.

Nanas Telefon klingelte, und Phillips Name leuchtete ihr entgegen. Sie seufzte. „Wann hört das endlich auf?", murmelte sie, drückte den Anruf weg und stieg aus. Lutz öffnete den Kofferraum, um ihr Gepäck zu holen. Sekunden später brummte Nanas Handy erneut. Genervt nahm sie ab. „Ich bat dich, mich in Ruhe zu lassen. Was verstehst du daran nicht?", blaffte sie ins Telefon.

„Nee, haste mich nicht drum gebeten", entgegnete eine weibliche Stimme lachend.

„Oh … Yasemin! Entschuldige! Ich dachte … ich habe nicht auf mein Display geschaut, sondern einfach abgehoben."

„Schon klar", entgegnete die junge Kioskbesitzerin.

„Ist was mit dem Hamster?"

„Was ist mit meinem Hamster?" Lutz blickte alarmiert aus dem Kofferraum hoch und stieß sich dabei den Kopf. Er fluchte.

„Nein, es ist nix mit dem Hamster."

„Puh."

„Was 'puh'? Ist 'puh' gut oder schlecht?" Lutz ließ das Gepäck zurück in den Kofferraum plumpsen und näherte sich mit zügigen Schritten. Nana hielt sich ihr freies Ohr zu, damit sie Yasemin besser verstehen konnte.

„Ich wollte nur wissen, ob Lutz sich gut benimmt."

„Er benimmt sich gut."

„Wer benimmt sich gut? Churchill?", ereiferte sich Lutz. „Was ist das für eine Kategorie 'sich gut benehmen'? Er ist ein Hamster! Ein Tier!"

Nana winkte ab. Yasemin, die mitgehört hatte, lachte. „Wir sind gerade in Edinburgh angekommen. Die nächste Station ist dann die Isle of Skye", plauderte Nana ins Telefon.

„Schön. Bei der Geschichte mit Jesse, die du gepostet hast, musste ich übrigens ein bisschen heulen. Find ich gut, dass du ihm Marvel mitgegeben hast. Der Junge braucht einen Superhelden an seiner Seite."

„Das sehen wir absolut genauso. Wie geht's deiner Kleinen?", erkundigte sich Nana.

„Wie geht's meinem Hamster?", warf Lutz barsch dazwischen.

„Bestens, sie hält mich auf Trab. Wird von Tag zu Tag frecher. Kommt also nach der Mutter.“ Erneut ertönte ihr ansteckendes Lachen.

„Das freut mich zu hören. Ich reiche dich jetzt an Lutz weiter. Die Nachricht überbringst du ihm besser persönlich.“

„Die Nachricht? War es das Kind?“ Lutz’ Stimme wurde panisch. „Ich habe prophezeit, dass es Churchill zerquetscht!“ Nana hielt ihm grinsend ihr Smartphone hin. „Deinem Hamster geht es gut.“

Lutz haute ihr mit der flachen Hand gegen die Schulter, bevor er das Handy entgegennahm. „Du Biest!“

GRASGRÜN

Nana öffnete das Fenster im Schlafzimmer und blickte direkt in den Park. Das kleine Cottage, das sie gemietet hatte, grenzte direkt an den Meadows, einem öffentlichen Park, der südlich des Stadtzentrums lag. Bereits am Morgen tummelten sich hier viele Sportler, die durch die Grünanlage joggten, Tennis spielten oder die Wiesen für ihre Übungen nutzten. Nana verzog schmerzverzerrt das Gesicht, während sie die Yoga-Gruppe beobachtete. Sie bewunderte Menschen, die Yoga praktizierten. Sie hatte es versucht und nach wenigen Monaten aufgegeben. Leider. Denn Nana war überzeugt davon, dass Menschen, die regelmäßig Yoga ausübten, ihr Leben im Griff hatten. Die Yogis schwankten nicht in ihren Entscheidungen, weil sie innerlich und äußerlich ausbalanciert waren. Die hatten nie Rückenschmerzen, aßen nie über ihren Hunger. Wenn sie etwas als belastend empfanden und spürten, dass sich die Schultern verspannten, konzentrierten sie sich auf ihre Atmung und lächelten alle Verkrampfungen weg. Yoga war ein kraftvolles Wort. Es tanzte rot und grün vor ihren Augen. Nana seufzte. Wäre sie doch nur drangeblieben. Sie blickte in den Himmel. Noch war er blau, doch am Horizont zogen bedrohlich dunkle Wolken auf. Es klopfte an der Tür. „Komm rein."

Lutz schaute um die Ecke. „Guten Morgen", begrüßte er sie. „Hast du gut geschlafen?", fragte sie. Er nickte und reichte ihr eine Tasse Kaffee. „Danke schön." Sie nahm dankbar den dampfenden Becher entgegen.

„Das ist ein schöner Park", bemerkte er.

„Siehst du den Mann dort?" Nana deutete auf die Bank. Sie schätzte ihn auf Ende 50. Er hatte einen teuren Anzug an, trug einen Hut und blank geputzte Schuhe. Er las eine Zeitung und hatte bislang nicht ein einziges Mal von den Seiten hochgeschaut. „Erzähle mir sein Leben."

Lutz zögerte kurz. „Stans Leben?", entgegnete er dann. „In Ordnung. Aber die Kurzversion, sonst stehen wir heute Abend noch hier und haben nichts von Edinburgh gesehen." Er kratzte sich am Kopf, vielleicht um sich zu konzentrieren. „Stan ist 58 Jahre alt. Er ist Partner einer gut laufenden Anwaltskanzlei. Einmal in der Woche geht er mit seinen Kollegen in einem der besten Restaurants der Stadt teuer essen. Einmal in der Woche spielt er Tennis, um fit zu bleiben. Einmal in der Woche bringt er seiner Frau einen Blumenstrauß mit. Es sind immer Mikrosanthemen. Seine Frau hasst diese Blumen. Sie hat es ihm aber nie gesagt, und er hat nie gefragt, welche Blumen sie liebt. Mohnblumen würde die Antwort lauten. Einmal in der Woche geht er in den Puff und lässt sich von einer Domina züchtigen. Das ist der Grund, warum er den Alltag durchhält. Dort kann er loslassen, alles abgeben. Das schenkt ihm Kraft für den Rest der Woche. Seine Frau sieht die Striemen auf seinem Körper nicht. Die beiden schlafen schon seit Jahren in getrennten Zimmern." Lutz legte den Kopf schief. „Seine Frau geht mit ihrem Yogalehrer ins Bett. Sie mokiert regelmäßig Stans Wohlstandsbauch, und seine

Nasenhaare widern sie an. Er ignoriert offiziell ihre Angriffe auf sein Äußeres und führt einen stillen Rachefeldzug: Unter ihren geliebten Esstisch, der in Stans Augen unverhältnismäßig teuer war und dafür unverhältnismäßig schlicht ist, schmiert er regelmäßig seine Popel, ohne dass es seine Frau bemerkt. Unter dem Tisch hat er mittlerweile eine beeindruckende Sammlung getrockneter Popel geschaffen."

„Bah!" Nana schüttelte angeekelt den Kopf.

„Wann immer er dort an diesem Tisch langweilige Abendessen mit ihren – aus seiner Sicht – langweiligen Bekannten ertragen muss", fuhr Lutz fort, „heitert ihn dieses kleine Geheimnis ungemein auf." Lutz blickte auf die Uhr. „Und jetzt würde ich vorschlagen, dass wir Stan in Ruhe seine Zeitung lesen lassen und uns einen Ort suchen, an dem wir frühstücken können."

Nana nickte. „Ich springe schnell unter die Dusche und bin gleich fertig." Sie suchte aus ihrem kleinen Koffer Kleidung zusammen. „Ach, so ein Mist." Nana blickte sich suchend um.

„Wir müssen leider noch mal zum Auto. Ich habe meine Regenjacke auf dem Rücksitz liegen lassen. Da ist auch mein Portemonnaie drin", erklärte sie nervös.

„Kein Problem." Er ging zur Tür. „Ein Grund mehr, dass wir uns beeilen sollten."

Sie nickte. „Lutz?"

Er drehte sich noch einmal um.

„Hast du schon mal Popel unter Tische geschmiert? Oder vielleicht unter Beifahrersitze? Zum Beispiel wenn du vom Wetter-Small-Talk der Fahrerin genervt warst?"

Er lachte. „Nein, großes Ehrenwort. Aber wenn du Figuren zum Leben erwecken willst, musst du Fleisch dran packen, verstehst du? Sonst können wir uns nicht mit ihnen verbinden."

Nana verstand ihn nur zu gut. „Wir erfahren Kunst durch unseren Körper. Durch all unsere Sinne."

Er blickte sie überrascht an. „Ja. Genau. Auch."

„Nicht auch", entgegnete sie. „Das ist der wichtigste Zugang."

Lutz lächelte. „Darüber könnte man vortrefflich diskutieren."

Eine knappe Stunde später stiegen sie aus dem Bus, Nana steuerte zielsicher auf den Parkplatz zu, blieb aber wenig später irritiert stehen und drehte sich zu Lutz. „Hä? Der stand doch hier."

Beunruhigt schweifte Lutz' Blick über den gesamten Parkplatz. „Ja, das dachte ich auch." Langsam ging er weiter.

„Vielleicht haben wir doch in der nächsten Reihe …" Nana begann zu laufen. Sie spürte Panik aufkommen. Und die Panik befahl ihr, fieberhaft zu suchen. Zu rennen. Das konnte doch nicht wahr sein, das durfte einfach nicht … Sie musste sich vertan haben! Vielleicht gab es noch eine andere Zufahrt, ganz sicher sogar. Dann würde er vielleicht dahinten stehen … sie lief weiter, lief mehrfach über den gesamten Platz, ignorierte Lutz' Rufe, lief und lief und …

„Nana!" Lutz tauchte plötzlich direkt vor ihr auf und packte sie an den Schultern. „Stopp." Er schaute ihr in die Augen.

„Dein Wagen steht hier nicht mehr."

Sie atmete schwer, sie war zu schnell gerannt. Sie musste dringend mehr Sport treiben. „Ich muss mehr Sport treiben", sagte sie laut.

„Ich befürchte, er ist gestohlen worden", entgegnete er.

„Nein."

„Wir sollten die Polizei rufen."

„Nein." Sie riss sich los und suchte weiter. Er ließ sie laufen, sie sah aus den Augenwinkeln, wie er telefonierte.

Irgendwann konnte sie nicht mehr. Sie sank auf den Asphalt und blieb sitzen. Es fing an zu nieseln.

„Nana." Lutz versuchte sie hochzuziehen. „Du musst deine Karten sperren lassen."

„Nur Bargeld", murmelte sie.

„Wie bitte?"

„In meinem Portemonnaie im Auto war nur Bargeld. Ich trenne das auf Reisen. Karten, Ausweis in eine Tasche. Bargeld in die andere." Sie zeigte ihm eine zweite Geldbörse, die sie im Rucksack verstaut hatte.

„Hervorragend. Ein Problem weniger", sagte er.

„Wo ist mein Auto, Lutz?" Sie guckte zu ihm hoch, denn wenn sie geradeaus schaute, sah sie nur seine Knie. Er war verschwommen. Sie drückte die Augen zusammen, Wasser lief heraus. Jetzt sah sie ihn wieder scharf.

Lutz zog sie hoch, Nana ließ es geschehen, er umarmte sie, hielt sie fest, und auch das ließ sie geschehen.

Nana wusste nicht genau, wie viel Zeit vergangen war. Sie dachte an den Fleck, der bereits seit Ewigkeiten auf ihrem Gurt gewesen war und von dem sie nicht wusste, was ihn verursacht hatte. Sie dachte daran, wie komisch es sich angefühlt hatte, zum ersten Mal mit 18 Jahren allein den Toyota gefahren zu sein – ohne Fahrlehrer, ohne Eltern. Sie dachte an den ersten Kuss und später an den ersten Sex im Auto, der wirklich unbequem gewesen war, aber sie hatte es unbedingt probieren wollen.

Lutz hatte sich um alles gekümmert. Er hatte mit den Betreibern des Parkplatzes gesprochen („nein, sorry, Sir, er ist nicht kameraüberwacht"), mit der Polizei („wir können Ihnen keine großen Hoffnungen machen"), mit der Versicherung („bei uns sind Sie in guten Händen. Wir kümmern uns um alles Weitere"). Nana hatte stumm daneben und neben sich gestanden.

Irgendwann waren sie in den Bus gestiegen, der Richtung Innenstadt fuhr, irgendwann waren sie wieder ausgestiegen und Nana war losgegangen, weil Stehenbleiben keine Option war. Ziellos wanderte sie durch die Straßen, Lutz ihr folgend und beruhigend auf sie einredend, doch sie nahm nicht wahr, was er sagte. Sie hörte nur den Klang seiner Stimme. Immer wieder schloss sie die Augen, um danach für einen Augenblick scharf sehen zu können.

Dann kam der Schluckauf. Sie hasste Schluckauf, sie hasste den Autodieb, sie hasste Phillip, sie hasste ihre Trauer, sie hasste es, ständig von irgendetwas Abschied nehmen zu müssen. Sie fühlte sich immer nur halb, halb von irgendwas, halb und halb, weil ihr zu mehr der Mut fehlte. Nana nahm den Herzstein aus der Tasche und dreht ihn wieder und wieder, aber es beruhigte sie nicht, wie sie es sich erhofft hatte und schließlich fiel er ihr auch noch zu Boden. Sie blieb so abrupt stehen, dass Lutz in sie hineinrannte.

Als sie ihre Beine und Arme sortiert hatten und Nana den Stein wieder in die Tasche gesteckt hatte, erblickte sie eine Plakatwand direkt vor ihrer Nase: Vollgeklebt, überklebt mit alten und neuen Postern, unzählige Lagen vergangener und zukünftiger Konzertankündigungen, Theateraufführungen, Hundeausstellungen, Lesungen und was nicht alles. Nana musterte aufgeregt die Fläche, spürte zu ihrer eigenen Überraschung eine aufkommende kribbelige Freude, nein, mehr eine tiefe innere Zufriedenheit, von der sie schon vergessen hatte, wie sie sich anfühlte. Die Wand lud sie ein zur Schatzsuche, und sie nahm die Einladung nach mehr als 20 Monaten an. Sie hob zunächst ihre Hände, wie sie es immer als ersten Schritt getan hatte und formte mit einigen Metern Abstand einen Rahmen, mit dem sie langsam über die Wand fuhr, um ihren Teilbereich zu finden, den sie bearbeiten wollte. Schließlich nickte sie zufrieden – sie hatte einen Ausschnitt rechts unten auserkoren – und schritt auf die Fläche zu. Für ihren ersten Riss wählte sie ein Plakat von Lewis Capaldi und war gespannt, was darunter auf sie warten würde. Es sprangen ihr schreiend bunte Farben entgegen, keine Schrift. Nana entfernte sich erneut einige Schritte von der Wand, auch das tat sie nach dem ersten Riss immer, um zu imaginieren, wie das Gesamtbild am Ende aussehen könnte.

„Was machst du da?“, hörte sie Lutz' verwunderte Stimme. Sie hatte keine Lust zu antworten, sie blieb in ihrem Tunnel und schaffte weiter, riss weiter. Links, rechts, mittig, wieder links. Mal entfernte sie große Flächen, mal nur dünne Streifen, häufig mehrere Schichten. Manchmal zog sie ganz vorsichtig, um möglichst nur das neueste Plakat zu entfernen. Jeder Riss war ein Abenteuer und ein Risiko. Sie schaffte Kunst, in dem sie Material entfernte. Was sie wegnahm, konnte sie nicht wiederherstellen. Die Herausforderung war, an der richtigen Stelle aufzuhören. Nana spürte, wie ihre Fingerkuppen taub wurden. Wie gut, dass ihre Fingernägel noch immer kurzgeschnitten waren. Sich durch Schichten von geklebtem Papier zu reißen, kostete Kraft und forderte den Händen einiges ab. Ihr linker Zeigefinger blutete ein wenig. Manche tackerten die Poster, statt zu kleben. Nana fluchte leise, als sich eine weitere Klammer in ihren Finger pikste. Sie lutschte an der kleinen Wunde, drehte sich kurz zu Lutz um, der wenige Meter entfernt schweigend an der Mauer lehnte und ihr Schaffen beobachtete. Sie sah in seinen Augen, dass er verstand, und diese Tatsache schaffte auf einen Schlag eine solch tiefe Verbindung zwischen ihnen, dass es Nana für einen Moment den Atem raubte.

Doch dann drehte sie sich wieder zu der Wand, zu ihrem Bild, das sie sich gerade zu eigen machte, und von dem sie unmöglich ablassen konnte. Es waren an manchen Stellen bis zu 50 Schichten, mutmaßte Nana, die dort übereinander lagen.

Einige hingen schon jahrelang dort, waren Relikte vergangener Konzerte, und manche Plakate hatten länger als die abgebildeten Künstler und Literatinnen überlebt. Und dann, nach einigen Lagen, legte sie plötzlich Augen frei. Geschlossene Augen. Was für ein Geschenk! Hier würde sie aufhören zu reißen.

„Ich brauche Farbe", sagte sie laut. „Wir müssen Farben kaufen. Und du musst mir helfen, das mitzunehmen." Sie zeigte auf ihren bearbeiteten Ausschnitt und holte ein Taschenmesser aus dem Rucksack. „Früher hatte ich immer ein Teppichmesser dabei", murmelte sie und begann, das Bild aus der Wand herauszuschneiden. Es kostete viel Kraft, sich durch die Papierschichten zu kämpfen. Lutz und sie wechselten sich dabei ab. Behutsam lösten sie schließlich das rund zwei mal zwei Meter große Bild von der Fläche und legten es auf den Bürgersteig. Die Blicke der Passanten störte Nana nicht. „Ich nenne es Decollage", erläuterte sie, während sie das Werk zusammenrollte. „Den Rest erkläre ich dir später. Jetzt brauche ich Sprühdosen und Pappe, um ein Stencil herzustellen. Ich habe das fertige Bild vor Augen. Komm." Sie wartete nicht auf ihn, sie lief einfach los.

Geduldig hatte Lutz ihr Kunstwerk getragen, bis Nana in der Stadt alles erstanden hatte, was sie benötigte. Dann waren sie zurück zum Cottage gefahren. Sie hatte das Bild in dem kleinen Vorgarten auf den Steinen ausgebreitet, hatte am Küchentisch skizziert, aus Pappe Schablonen ausgeschnitten und verworfen, bis sie schließlich zufrieden gewesen war. Wie im Rausch hatte sie weiter an ihrem Stück gearbeitet. Als sich Dunkelheit über die Meadows und den Vorgarten legte, holte Lutz die Stehlampen aus den Wohn- und Schlafzimmern und stellte sie auf die Türschwelle, sodass sie ihr Licht nach draußen spendeten. Vorsichtig riss Nana hier und dort noch kleine Streifen ab, bevor sie schließlich die Farbe einsetzte. Sie legte die Schablone über die freigelegten geschlossenen Augen und komplettierte mit den Sprühfarben ein vollständiges Gesicht. Schließlich entfernte sie die Schablone, betrachtete ihr Werk mit etwas Distanz und war … zufrieden. Das überraschte sie, denn selten war sie mit ihrer Kunst zufrieden gewesen. Und ganz plötzlich ergriff sie eine tiefe, angenehme Müdigkeit. Sie drehte sich um. Lutz saß auf der Stufe vor der Eingangstür. Einladend hielt er ihr eine Flasche Bier hin. Sie griff zu und ließ sich erschöpft neben ihm auf die Stufe fallen. Eine Weile saßen sie schweigend da, nippten an ihren Flaschen und betrachteten das Bild.

„Ich habe etwas Vergleichbares noch nie gesehen", durchbrach Lutz schließlich die Stille. „Das ist große Kunst, Nana."

„Den Toyota habe ich von meinen Eltern geschenkt bekommen", entgegnete sie unvermittelt. „Zu meinem 18. Geburtstag. Es war das letzte Geschenk von ihnen. Ich werde nie vergessen, wie Papa mir erst den Schlüssel in die Hand gedrückt und mich dann ganz fest umarmt hat. Ich habe eine Träne von ihm auf meinem Gesicht gespürt. Zwölf Tage später waren sie tot. Ein Verkehrsunfall."

Lutz schwieg. Wahrscheinlich, weil er spürte, dass sie noch mehr zu sagen hatte.

„Mit dem Auto ist wieder eine Verbindung zu ihnen weg, verstehst du? Einfach gestohlen. Deshalb war ich so am Boden zerstört. Und bin es noch immer", ergänzte sie leise. „Irgendwas musste ich tun, um mich nicht mitten in Edinburgh heulend auf den Bürgersteig zu schmeißen und meinen Verstand zu verlieren. Dann war da diese Wand. Es war wie ein Zeichen." Sie fühlte nach dem Herzstein in ihrer Tasche.

Lutz nickte langsam. „Hattest du bereits Ausstellungen?" Nana schüttelte den Kopf. „Ich hatte fast eine. Kurz vor

Vertragsabschluss ist der Deal geplatzt. Kurze Zeit später habe ich mit allem aufgehört."

„Warum?"

„Puh. Also, das Kunsthaus, in dem ich mit vielen anderen mein Atelier gemietet hatte, musste schließen. Der Verein konnte ohne die Kunstpartys und Ausstellungen nicht überleben, und das alles war eine lange Zeit nicht möglich. Mein Atelier und der Austausch mit den anderen fehlte mir unfassbar. Hinzukam", sie nahm noch einen Schluck Bier, bevor sie fortfuhr, „ich schaffe Kunst im öffentlichen Raum. Das ging während diverser Lockdowns schlecht. Und wo keine Kultur …"

„… da auch keine neuen Plakate. Also kein neues Material", mutmaßte Lutz.

„Genau. Ich lese meine Kunst von der Straße auf, wenn du so willst. Und ich brauche meinen Körper dazu, verstehst du? Ich reiße, ich fasse an, ich habe mich manchmal stundenlang an einem Bild abgearbeitet." Sie atmete tief aus. „Dieser Ausnahmezustand hat mich komplett blockiert. Dann noch die Sorge um Elsa. Ich hab's trotzdem versucht. Dann bekam ich Waschzwänge. Nach jedem Plakat, das ich angefasst hab, habe ich mir die Hände desinfiziert … es war … es ging nicht! Mein Körper, die anderen Körper, die Plakate – plötzlich waren all diese Dinge potenziell tödliche Gefahren. Kunst ohne Körper – das funktioniert nicht."

Er nickte langsam. „Ich glaube, das gilt für jede Kunstform. Ich sage nur: Popel unter dem Tisch." Er lächelte. „Man sollte meinen, schreiben und lesen sind geistige Aktivitäten. Und natürlich stimmt das. Aber es sind eben auch sinnliche Erfahrungen. Wenn du ein Buch liest, reagiert dein Körper. Du fühlst mit, du lachst, du weinst, du spürst den Kuss auf deinen Lippen." Beim letzten Satz schaute er ihr direkt in die Augen, und dabei kribbelte es warm in ihrem Bauch. „Nana, es tut mir wahnsinnig leid, dass dir dein Auto gestohlen wurde“, fuhr er mit sanfter Stimme fort. „Aber wenn es dazu geführt hat, dass du wieder einen Zugang zu deiner Kunst gefunden hast, dann … ich meine, schau dir das Bild an! Was würde deine Mutter sagen, wenn sie es sehen würde?“

Nana blickte auf ihr Werk. „Vielleicht, dass die Wangenknochen etwas ausgeprägter hätten sein können?“

Er lachte. „Du musst unbedingt weitermachen!“ Lutz legte einen Arm um sie und drückte sie fest an seine Schulter. Nana genoss seine Nähe, und deshalb blickte sie konzentriert auf ihre dreckigen und aufgerissenen Hände, damit er möglichst nichts in ihrem Gesicht ablesen konnte. „Für jetzt, Herr Autor, muss ich unbedingt heiß duschen.“ Sie gab sich einen Ruck, erhob sich von der kalten Stufe und ging hinein ins Warme.

KUGELSCHREIBERBLAU

„Links, Lutz! Links, verdammt!" Nana krallte sich am Türgriff fest.

„Stimmt, Entschuldigung." Ruckartig brachte er den Leihwagen auf die richtige Spur.

Nana atmete hörbar aus. „Soll ich nicht vielleicht doch lieber fahren?!"

„Nein, ich habe alles unter Kontrolle."

„Hmh", entgegnete Nana wenig überzeugt. „Wenigstens haben wir in den Highlands kaum Gegenverkehr."

„Was hat dir in Edinburgh am meisten gefallen?", fragte er nach einer Weile.

Sie überlegte. Es waren so viele Eindrücke, die sie in den vergangenen zwei Tagen gesammelt hatte. Die High Street mit ihren vielen Geschäften und Touristen, die schließlich zum Castle Hill geführt hatte, einem Basaltkegel aus erloschenem Vulkan, auf dessen Plateau die berühmte Burg stand. Nana lächelte, als sie an den Tour Guide dachte, der ihnen locker und unterhaltsam die Geschichte des Weltkulturerbes nahegebracht hatte. „Mir gefiel die Anekdote, dass die Jakobiten 1715 das Schloss nicht erobern konnten, weil die Leiter, mit denen sie über den Festungswall kommen wollten, zu kurz war.“ Sie hob den Zeigefinger. „Ich sag ja immer: Vorbereitung ist alles.“ Sie hielt kurz inne. „Scherz beiseite. Die Burg war natürlich überwältigend, aber der Afternoon Tea im Palm Court des Balmoral Hotels wird mir unvergessen bleiben.“

Lutz nickte, ohne den Blick von der Straße zu nehmen. „Ja, das hatte Stil. Die Art und Weise, wie die Bedienung unseren Tee eingegossen hat …“

Nana lachte. „Ja, irre, oder? Sie hat die Kanne gefühlt einen Meter hochgehalten.“ Beim Versuch, es nachzuahmen, stieß sie mit der Hand an die Decke des Autos. „Trotzdem hat sie zielsicher die Tasse getroffen! Nicht einen Spritzer habe ich abbekommen! Und die Scones! Einfach nur köstlich! Schweineteuer. Aber ein Erlebnis.“ Sie wollte gar nicht daran denken, was ihre Aktivitäten und jetzt auch noch der Leihwagen für ein Loch in ihre Reisekasse rissen.

„Da ist es doch gut, dass gleich unsere nächste Mitfahrerin zusteigt. Die bringt uns Geld in die Urlaubskasse“, entgegnete Lutz, als hätte er ihre Gedanken gelesen.

„Mit wem haben wir dieses Mal das Vergnügen?“

„Mit Rory. Sie begleitet uns von Stirling bis Glencoe.“

„Das passt prima“, entgegnete Nana. „Wenn wir sie abgesetzt haben, gönnen wir uns ein, zwei Stunden Auszeit und erkunden bei einer Wanderung das Tal der Tränen.“

„Tal der Tränen?“

„Ja. Im 17. Jahrhundert spielte sich in Glen Coe ein blutiges Massaker ab. Der Clan der Campells ermordete auf königlichen Befehl einen Großteil der Mitglieder des MacDonald-Clans im Schlaf. Frauen, Kinder, alle, die unter 70 Jahre alt waren. Wer nicht starb, erfror nach der Flucht in den

Bergen. Vorher hatten die Campbells aber für einige Zeit die Gastfreundschaft der MacDonalds genossen – denn die wurde in den Highlands trotz Rivalitäten immer großgeschrieben. Das ist ja wohl richtig schlimm, oder?"

Er nickte. „Weshalb sollte der Clan sterben?"

„Wohl um ein Exempel zu statuieren. Die MacDonalds hatten ein paar Tage zu spät den Eid auf Wilhelm III. von Oranien abgelegt, der Jakob den II. abgelöst hatte, nachdem der ins Exil vertrieben worden war. Aber von dieser schaurigen Episode einmal abgesehen: Das Tal muss man gesehen haben, landschaftlich soll es traumhaft schön sein. Es hat nicht umsonst für viele Filme als Kulisse gedient: *Highlander, Harry Potter, Braveheart, James Bond* …"

„Hast du den eigentlich auswendig gelernt?" Lutz deutete auf den Reiseführer, der in Nanas Schoss lag.

Sie lachte. „Es wäre doch schade, wenn wir an den sehenswerten Dingen unwissend vorbeifahren."

„Man sieht nur, was man weiß", stimmte Lutz zu.

„Hast du dir das gerade ausgedacht?", fragte Nana.

„Nein, das hat der gute Goethe von sich gegeben." Sie dachte kurz nach und schwang dabei ihren Kopf langsam von links nach rechts. „Ja und nein, würde ich sagen. Jein." Lutz lachte.

Rory war 34, trug einen blonden Pferdeschwanz und war Physiotherapeutin. Nana fand sie auf Anhieb sympathisch. In Glencoe wollte sie einen Freund besuchen, erzählte sie mit einer ruhigen und melodischen Stimme. Ach, was rede sie da, nicht einen Freund, sondern ihren besten Freund. Dem Freund, dem sie die Liebe ihres Lebens zu verdanken hatte. Sie selbst wäre damals wie immer viel zu schüchtern gewesen.

Ihre große Liebe hieß Katrin, und im nächsten Jahr wollten sie heiraten. Die gemeinsame Geschichte der beiden begann in einem Waschsalon und nur dank Pete: Ihrem besten Freund, der immer ein bisschen verrückt war und mit dem sie während ihrer Ausbildung in einer WG gewohnt hatte. Eines Sonntags, so erzählte sie, habe er plötzlich im Türrahmen ihres WG-Zimmers gestanden.

Lutz drehte das Radio leiser und warf einen kurzen Blick in den Rückspiegel. Auch er war sichtlich interessiert, was Rory zu erzählen hatte.

„Ich weiß noch, seine Wangen waren rot vor Aufregung und sein Blick panisch“, fuhr Rory fort. „Und er sagte: 'Du, mir ist etwas Doofes passiert.'“ Sie lachte auf. „Und ich entgegnete, dass das offensichtlich sei. Denn Pete, der eigentlich einen wunderbaren Lockenkopf besaß, stand mit einer Glatze vor mir. Das sah wirklich scheiße aus, denn es war Sommer und er war am ganzen Körper braun. Seine Kopfhaut aber glänzte kreideweiß.“ Sie kicherte, und es war so ansteckend, dass Nana mitkicherte. „Er hatte gerade diesen Job in einem Delikatessenladen gekriegt. Die bezahlten gut und er brauchte dringend das Geld. Aber ich wusste, wenn er mit dieser Glatze dort auftauchen würde ... na ja. Und so kam es dann auch. Die Stelle war er am nächsten Tag los. Aber ich schweife ab. Die Glatze, erklärte er mir recht ungeduldig, sei keine gewöhnliche Glatze, sondern eine Verzichtsfrisur.“

„Verzichtsfrisur?“ Nana drehte sich fragend zu Rory um. Die nickte. „Ja. Laut Pete war sie ein öffentlicher Protest gegen den Überfluss in unserer Gesellschaft, der uns kaputtmacht. Gegen das Zuviel! Zuviel Streben nach Macht und oberflächlichem Luxus. Ein Affront gegen alle Banker mit ihren gegelten Seitenscheiteln, die uns durch ihre Gier regelmäßig in Krisen katapultierten. Eine sichtbare Ermunterung, sich auf das zu besinnen, was zählt. Zurück zum Einfachen! Sie sei – und ich zitiere, denn den Vergleich vergesse ich nicht so schnell – auf der sozialpolitischen Ebene vergleichbar mit dem, was die Bauhaus-Bewegung in der Architektur war.“ Rory lachte auf. „Pete hat nie gekleckert, immer geklotzt.“ Sie blickte aus dem Fenster, bevor sie weitersprach. „Deshalb wäre er aber nicht zu mir gekommen, sondern wegen dieses riesigen Problems. Also sagte ich: Nur raus damit, Pete, wenn ich helfen kann, helfe ich sofort. Und er erzählte, dass er eine Socke verloren habe. Wahrscheinlich im Waschsalon, in dem er zuvor gewesen war. Oder auf dem Weg dahin. In meiner Unbedarftheit sagte ich, dass er ja wohl noch andere Socken habe, warum das denn so schlimm sei?! Socken kommen und gehen im Leben, das ist ja so. Selten kommen alle wieder gemeinsam aus der Maschine.“ Lutz lachte. „Das ist richtig.“

„Ja, ich war aber noch nicht ganz im Bilde, über was für eine Socke wir redeten. 'Das sind meine Glückssocken, Rory!', brüllte er mich empört an. 'Das ist eine Ka-tas-tro-phe!' Pete macht das immer, wenn er von einer ‚Katastrophe‘ spricht. Er betont jede einzelne Silbe, damit man sich wirklich über das Ausmaß dieser 'Ka-tas-tro-phe' bewusst wird. Und wie sich herausstellte, waren es die Socken, die er immer beim Fußball trug. Am Wochenende darauf fand ein wichtiges Spiel statt, das über Abstieg oder Klassenerhalt entscheiden sollte. Und für Pete war klar: Ohne das vollständige Paar seiner Glückssocken hätten sie bereits verloren.“

„Sportler und ihr Aberglaube.“ Nana schmunzelte.

„Ich sag’s dir. Nun gut, ich begleitete Pete natürlich in den Waschsalon, auf dem Weg dorthin fanden wir keine Socke, also musste er sie wahrscheinlich im Trockner vergessen haben. Als wir dort ankamen, war ausgerechnet dieser Trockner besetzt. Von der Wäsche einer Frau, ungefähr in meinem Alter, die an einem kleinen wackeligen Tisch saß – ich wusste, dass er wackelte, weil ich schon unzählige Mal daran gesessen und auf meine Wäsche gewartet habe.“

„Katrin", mutmaßte Nana.

„Genau. Sie war in ein Buch vertieft und schaute nicht hoch, als wir eintraten. Ich hingegen hatte mich bereits in sie verliebt, als ich sie von außen durch die Fensterschreibe gesehen hatte." Sie blickte auf ihre Hand und befühlte den einzigen Ring, den sie trug. Wahrscheinlich ihr Verlobungsring, dachte Nana. „Pete stürmte auf sie zu, erklärte ihr den Ernst der Lage und sie schaute ihn zunächst höchst skeptisch an, aber je länger er redete, desto mehr entspannte sich ihr Gesicht und am Ende meinte sie, dass sie natürlich gleich nachschauen würde, ob sich seine Socke unter ihre Wäsche gemogelt hätte. Sie wäre Volleyballerin und unter Sportlerinnen und Sportlern müsse man zusammenhalten. Weil Pete bis dahin vor lauter Aufregung nichts gegessen hatte, beschloss er, sich etwas zu holen, während die Wäsche noch 30 Minuten in dem Trockner blieb. Also saßen Katrin und ich allein im Waschsalon. Sie machte es mir so einfach. Wir sprachen über Fußball, über Petes Verzichtsfrisur, ich fragte sie, was sie las …"

„Was las sie?", hakte Lutz nach.

„Virgina Woolf. *To The Lighthouse*. Sie studierte englische Literatur. Ich weiß noch, dass ich von ihren braunen Augen und dem kleinen grünen Fleck neben ihrer linken Pupille fasziniert war und aufpassen musste, nicht den Faden beim Gespräch zu verlieren. Na ja, irgendwann kam Pete satt und zufrieden wieder rein, der Trockner stoppte und ich rief warnend 'Pete'!, als er zum Trockner stürmte, um in ihrer Wäsche nach der Socke zu suchen. Er blieb wie eingefroren stehen und sagte: 'Natürlich. Natürlich wühle ich nicht in der Wäsche einer fremden Person. Entschuldigung. Katrin, darf ich dich freundlich bitten, nach meiner Socke zu schauen?'" Rory lachte. „Die Angespanntheit stand ihm ins Gesicht geschrieben. Katrin erlöste ihn dann auch sofort und fand tatsächlich seine Socke mit dem kleinen Loch am großen Zeh."

„Haben sie das Fußballspiel gewonnen?", fragte Lutz.

„Ja. Zwei zu eins. Es war ein hartes und knappes Spiel. Und es befeuerte natürlich Petes Aberglauben."

„Und wie ging's weiter mit Katrin und dir?", fragte Nana neugierig.

„Wir verabschiedeten uns, zogen den Small Talk dabei in die Länge und schauten uns tief in die Augen. Aber wie gesagt: Ich war sehr schüchtern und sie auch. Und so verließ ich mit Pete den Laden ohne eine Nummer oder eine Kontaktmöglichkeit."

„Oh je", litt Nana mit.

„Ja. Pete und ich gingen schweigend zurück, ich hatte keine Lust, mich zu unterhalten, sondern dachte die ganze Zeit an den grünen Punkt in Katrins braunen Augen. Pete meinte dann plötzlich, er müsse noch etwas erledigen und ich solle schon vorgehen. Ich habe mich auf mein Bett gelegt und Musik gehört. Irgendwann hörte ich die Haustür und wenig später klopfte Pete an. Er grinste wie ein Honigkuchenpferd und sagte, er wäre noch einmal in den Waschsalon zurückgekehrt, um eine Glückssocke zu holen. Ich verstand nichts, und dann überreichte er mir eine Damensocke, auf die Katrin mit einem Kuli ihre Nummer geschrieben hatte."

„Oh, wie romantisch!", entgegnete Nana verzückt.

Rory nickte. „Pete hatte immer gute Antennen. Er hatte das Knistern zwischen Katrin und mir gespürt." Danach sprachen sie darüber, wie sich Knistern anfühlte und wo. Dann plötzlich über Socken in Sandalen, über die Erotik von Strumpfhosen und wie es sich anfühlte, barfuß über Moos zu gehen. Das Gespräch floss angenehm dahin, und sie lachten viel.

Bis Lutz plötzlich sagte: „Wir kommen gleich in Glencoe an. Wo dürfen wir dich absetzen?"

„Beim Inn gleich am Ortseingang."

„Dann grüß Pete unbekannterweise. Er scheint ein cooler Typ zu sein. Die Verzichtsfrisur und die Glückssocke werde ich so schnell nicht vergessen“, sagte Nana.

„Das würde mich freuen. Und erzähl die Geschichte gerne deinen deutschen Freunden. Es ist mein Weg, Pete lebendig zu halten.“

Schlagartig war es still im Auto. Nana hörte nur noch die Autoreifen auf dem Asphalt. „Pete war sehr krank. Er wird heute beerdigt. Deshalb fahre ich zu seiner Familie. Er hat mir mal erzählt, dass wenn er stirbt, seine Asche überall verstreut werden soll, in möglichst vielen Ländern. Den Wunsch kann ich ihm nicht erfüllen. Aber ich erzähle möglichst vielen Menschen aus möglichst vielen Ländern Geschichten über Pete. Und so streue ich zumindest seine Erlebnisse und sein wunderbares Wesen an möglichst viele Plätze. Und das ist vielleicht noch viel schöner. Oder, Pete?“ Rory blickte nach oben. Nana schluckte. Lutz starrte geradeaus auf die Straße und hielt wenige Minuten später am Inn, um Rory aussteigen zu lassen. Sie umarmten sich zum Abschied.

„Das ist in der Tat viel schöner“, entgegnete Nana und drückte Rory noch einmal an sich. Dann nahm sie den Glücksstein aus ihrer Tasche und reichte ihn Rory. „Hier. Das ist ein besonderer Stein. Er soll dir Glück bringen. Dir und Katrin. Mir hat er schon geholfen und deshalb soll er nun wieder auf reisen gehen. Ich wünsche Katrin und dir alles Gute.“

„Danke“, entgegnete Rory und strich behutsam über seine Oberfläche, bevor sie ihre Hand um ihn schloss. „Ich muss jetzt leider los. Ich darf nicht zu spät zur Beerdigung kommen, denn ich habe die Begleitmusik dabei. Pete liebte Heavy Metal. Es wird also kein stilles Begräbnis.“ Sie lächelte, nahm ihre kleine Tasche in die Hand und verschwand im Inn.

DUNKELBLAU

Die Isle of Syke, die Insel des Nebels, ist durch eine Autobrücke mit dem Festland verbunden. Als Nana links und rechts das Wasser sah und die Insel direkt vor ihrer Nase, spürte sie eine unbändige Vorfreude. In einer halben Stunde würde sie endlich nach so langer Zeit wieder Elsa in ihre Arme schließen. Doch sie spürte auch einen dicker werdenden Kloß im Hals. Elsa würde mit Phillip an ihrer Seite rechnen. Und Nana würde den Ring, den Elsa für sie aufbewahrt hatte, nicht mehr brauchen. Nervös kratzte sie an ihrem Daumen, während sie Lutz von der Seite betrachtete. An den Schläfen durchzogen einige graue Haare seinen sonst dunklen Schopf. Sie bemerkte die Lachfalten an seinem rechten Auge und die Zornesfalte an der Schnittstelle von Stirn und Nase. Nana empfand sein Gesicht mit aufgesetzter Brille kompletter als ohne. Sie genoss seine Anwesenheit, weil er ein ruhiges und abwartendes Wesen besaß.

„Elsa weiß nicht, dass du mitkommst. Sie erwartet Phillip und mich. Ich hab's irgendwie versäumt, ihr das rechtzeitig mitzuteilen. Das wird wahrscheinlich gleich ein wenig seltsam", beichtete sie.

Lutz blickte sie kurz an und lenkte den Blick dann wieder auf die Straße. „In Ordnung", entgegnete er.

In Ordnung. Die Antwort gefiel Nana. Keine Vorhaltungen wie *Nana, das kann doch nicht dein Ernst sein oder in was für eine Lage bringst du mich.*

„Um ehrlich zu sein, habe ich es nicht vergessen, sondern will ihr das mit Phillip und mir persönlich erzählen", schob sie kleinlaut hinterher. Wer so gelassen reagierte, verdiente zumindest die ganze Geschichte. „Phillip hat mir vor einigen Monaten einen Heiratsantrag gemacht. Ich hab Elsa natürlich davon erzählt und sie gefragt, ob ich den alten Familienring haben könnte. Wir wollten ein kleines Verlobungsfest mit Elsa feiern. Die Isle of Skye ist schließlich mein zweites Zuhause. Es war etwas, womit ich Elsa eine Freude nach all dieser schweren Zeit machen wollte." Nana hielt kurz inne und schlug mehrfach ihre Lider auf und zu, um aufkommende Tränen zu verscheuchen. „Ich schulde es ihr, glücklich zu sein. Sie hat so viel für mich getan. Aber ich bin darin anscheinend nicht sonderlich gut."

Lutz schwieg eine ganze Weile. Dann sagte er: „Nana, du machst dir zu viel Druck. Du schuldest deiner Oma nichts, außer Respekt. Den zollst du, indem du ihr die Wahrheit sagst und nicht vorspielst, jemand zu sein, der du nicht bist."

„Wer bin ich denn?", fragte sie leise.

„Tief in deinem Inneren weißt du das."

„Du weißt aber schon, dass gerade du derjenige bist, der die Kalendersprüche raushaut, mit denen man erschreckend viele Likes auf Facebook kriegen würde, ne?!"

Lutz lachte. „Ja, das stimmt wohl." Er schenkte ihr einen kurzen Seitenblick. „In Ordnung. Themenwechsel. Du hast immer nur von deiner Oma gesprochen. Ich nehme an, dein Opa ist verstorben?"

„An meinen echten Opa habe ich keine Erinnerungen. Er starb, als ich ein Baby war. Elsa lernte danach Ewan kennen, der damals in Deutschland arbeitete. Einige Jahre später haben sie sich ihren Traum erfüllt und sind auf die Isle of Skye gezogen. Meine Oma hatte sich in den Urlauben sofort in die Insel und ihre Menschen verliebt. Ewan war für mich mein Opa."

„Du bist aber auch eine ausgesprochene Schönheit", brach es aus Lutz hervor.

Nana drehte sich erstaunt zu ihm. Doch er blickte nicht sie an, sondern schaute auf die sattgrünen Hügel und die weichen Täler der Isle of Skye. Die dunklen Wolken und die letzten Sonnenstrahlen des Tages, die sich hier und da durch die Wolkendecke kämpften, tauchten die Insel in ein magisches Licht. Sie lachte.

„Warum lachst du?", fragte er.

„Einfach so."

„Man lacht nicht einfach so."

„Sollte man aber, findest du nicht?" Sie blickte auf ihr Smartphone. Yasemin hatte ihren jüngsten Instagram-Post über Pete geherzt und ihr eine Nachricht geschrieben: *Ich erzähle heute jedem, der in meinen Kiosk kommt, von Pete. Bald erinnert sich ganz Bielefeld an ihn.*

Nana antwortete: *Wie wundervoll, liebe Yasemin. Ist das nicht ein unglaubliches Geschenk, wenn man im Leben eine solche Freundschaft hat, wie Rory und Pete sie hatten? Sie geht über den Tod hinaus. Ich wünsche mir so etwas.*

Sie steckte ihr Handy in die Tasche und blickte hoch. „Wir sind gleich da!" Nana fasste Lutz sanft am Arm und spürte, dass sie aufgeregt war. „Hinter der nächsten langgezogenen

Kurve liegt ihr Cottage auf der rechten Seite. Fahr langsamer, damit du die Einfahrt nicht verpasst."

Die Kieselsteine knirschten unter den Reifen, als Lutz abgebogen war, und Nana sah, wie die Haustür aufging. Elsa hatte bestimmt schon seit einer ganzen Weile am Küchenfenster gestanden und auf ihre Ankunft gewartet. Ihre Großmutter sah blendend aus. Sie trug eine ihrer praktischen regenfesten Hosen und ein kariertes Hemd. Nana öffnete die Beifahrertür und sprang hinaus, obwohl der Wagen noch nicht ganz zum Stehen gekommen war.

„Elsa! Oma! Endlich!" Nana fiel ihr in die Arme und bückte sich dafür etwas, denn Elsa war einen Kopf kleiner als sie. Ihre Großmutter drückte sie fest an sich.

Sie roch noch immer gleich. Nanas Augen wurden feucht. Elsa duftete nach Minzbonbons, Essigreiniger – denn sie schwor beim Putzen auf Essigreiniger – und nach Oma.

„Elsa, ich komme nicht allein. Aber wie du siehst", sie drehte ihren Kopf zum Wagen, aus dem Lutz gerade ausstieg,

„habe ich nicht Phillip mitgebracht."

„Ich weiß", entgegnete Elsa mit ihrer rauen Stimme, die Nana so sehr liebte. Fragend blickte sie ihre Oma an und sah im selben Moment eine Gestalt im Türrahmen des Cottages auftauchen.

„Phillip", rief Nana überrascht.

Er war bereits am Morgen auf der Isle of Skye angekommen. „Du hast auf meine Anrufe ja nicht mehr reagiert! Ich wusste nicht, wie es dir geht, und ich wollte unbedingt mit dir sprechen", erklärte er, nachdem Nana und er sich in Elsas Küche zurückgezogen hatten.

Lutz war von Elsa sogleich zum Holzhacken eingeteilt worden. Die Geräusche, die von draußen bis in die Küche drangen, ließen darauf schließen, dass er ein hohes Tempo an den Tag legte.

„Wer ist der Typ?", fragte Phillip und deutete nach draußen in den Garten.

„Das ist Lutz. Ein Freund", sagte sie schlicht.

„Hast du was mit dem?" Phillips Tonfall klang abschätzig. Nana drehte ihre Teetasse hin und her und starrte in die bernsteinfarbene Flüssigkeit, als könne sie darin etwas Wichtiges ablesen. „Was möchtest du denn mit mir besprechen?", fragte sie nach einer Weile, ohne auf seine Frage einzugehen.

„Ich will dir sagen, dass ich dich liebe. Und dass ich ein Vollidiot war. Das mit Alina, das war ein Ausrutscher." Nana schaute von ihrer Tasse hoch und Phillip in die Augen.

„Ein Ausrutscher bedeutet für mich vielleicht eine gemeinsame Nacht. Das mit Alina und dir ging über Monate." Phillip senkte seinen Blick. „Aber jetzt ist es vorbei", sagte er leise.

„Und weil es vorbei ist, möchtest du wieder mit mir zusammenkommen?"

Er seufzte. „Nein. Sondern weil mir klargeworden ist, dass ich dich immer noch liebe und einen Fehler gemacht hab." Nun war es Nana, die seufzte. „Weißt du was, Phillip? Ich bin dir gar nicht mehr böse. Reisen hilft, Abstand zu gewinnen, Dinge aus einer anderen Perspektive zu betrachten. Und mir ist auf dieser Reise auch etwas klargeworden. Alina war ein Symptom. Wir passen nicht zusammen."

„Nana, das stimmt doch gar nicht!" Phillips Stimme klang aufgewühlt. „Klar, wir haben unsere Probleme, aber das kommt in den besten Beziehungen vor. Daran können wir arbeiten!"

Nana schüttelte den Kopf. „Es reicht nicht."

„Doch, wir müssen nur ..."

„Beantworte mir eine Frage: Was verbindet uns?"

Lutz machte offenbar vom Holzhacken eine Pause, von draußen war nur noch Vogelgezwitscher zu hören.

„Was uns … ? Nana, was sind denn das für Fragen? Wir sind eine gute Partie! Du hast doch letztens eine Beförderung gekriegt, und ich …"

„Ich habe gekündigt."

„Du hast was? Wieso?", fragte er entsetzt und fuhr fort, ohne ihre Antwort abzuwarten. „Egal, das kriegen wir schon wieder hin. Ich hab Beziehungen zu Myers und Myers, eine der größten Werbeagenturen in der Region. Lass mich mal machen. Und schau mal. Ich habe mir von Elsa eben … warte." Nervös fummelte Phillip an seiner Hosentasche und zog schließlich umständlich eine kleine Schatulle hervor, die Nana sofort erkannte. Doch bevor er vor ihr auf die Knie fallen konnte, schloss sie sanft die Hand um das Kästchen und nahm es ihm ab.

„Komm mal bitte mit", sagte sie leise und ging voran in ihr Zimmer, das Elsa wie immer liebevoll für sie hergerichtet hatte. Lutz hatte bereits ihr Gepäck vor dem Kleiderschrank abgestellt, und auf dem Bett lag ihr Kunstwerk aus Edinburgh. „Schau mal", sagte sie.

„Ach, du machst wieder deine … wie nennst du das noch mal?"

„Decollagen."

„Genau."

Die Stille zwischen ihnen wurde sehr laut. Phillip kratzte sich am Kopf. „Wenn du willst, könnten wir ja im Keller eine Ecke freiräumen, dann kannst du da deinem Hobby nachgehen, ohne dass unsere Wohnung im Chaos versinkt."

Nana lächelte müde. „Phillip, du musst jetzt wieder fahren."

„Was?" Er starrte sie fassungslos an. „Das ist doch nicht dein Ernst! Ich komme extra nach Schottland, um dir meine

Liebe zu versichern, und du wirfst mich raus? Du hast also doch was mit dem Baumfäller!“ Nana atmete tief durch. „Elsa kann dir garantiert ein gutes Inn empfehlen, falls du noch auf der Insel bleiben möchtest“, fuhr sie mit versöhnlicher Stimme fort. „Aber unser Kapitel ist an dieser Stelle abgeschlossen.“ Sie gab ihm einen flüchtigen Kuss auf die Wange, öffnete die Zimmertür und sagte dann: „Mach's gut.“

Er schaute sie ungläubig an, wollte noch einmal ansetzten, etwas zu sagen. Doch als Nana mit einer Handbewegung unmissverständlich unterstrich, dass die Tür für ihn zum Hindurchgehen geöffnet worden war, verschwand er endlich kopfschüttelnd im Treppenhaus. Erleichtert atmete Nana aus. Vor ihrem inneren Auge sah sie Phillips Namen, der dunkelblau daherkam, in der Ferne verschwinden. Nana sammelte sich für ein paar Minuten, nachdem unten die Haustür viel zu laut ins Schloss gefallen war, und ging anschließend hinunter in die Küche. Dort saßen Elsa und Lutz und hielten beide eine Tasse Tee in der Hand. Während Lutz' Blick konzentriert auf den Inhalt seiner Tasse fixiert war, als könnte er dort die Lottozahlen von morgen ablesen, blickte Elsa sie neugierig an. Nana nahm die Schatulle aus ihrer Hosentasche und legte sie vor Elsa auf den Tisch. „Den brauche ich nicht mehr, Oma. Und es tut mir leid, dass ich anscheinend nichts hinkriege, auch wenn du mir immer Mut zugesprochen hast, dass ich alles hinkriege, was ich will oder muss.“ Nanas Stimme klang dünn, und sie presste ihren Mund zusammen, um nicht loszuweinen. Elsa stand auf und drückte sie fest an sich. „Wie gut“, sagte sie langsam und betonte jedes Wort, „dass du diesen Heiopei endlich losgeworden bist.“

Nana löste sich aus der Umarmung und schaute sie erstaunt an. „Nanalein, erstens bist du nicht auf dieser Welt, um mich glücklich zu machen, sondern dich. Zweitens machst du mich jeden Tag glücklich, und drittens bin ich in diesem Moment sehr stolz auf dich. Phillip passt überhaupt nicht zu dir. Und natürlich hätte ich es nicht übers Herz gebracht, dir Ring und Segen nicht zu geben, wenn es dein Wille gewesen wäre. Aber ich bin erleichtert, dass ich das nicht tun muss."

„Ich hatte befürchtet, dass du dir Sorgen machst, deshalb habe ich es vor mir hergeschoben, es dir zu sagen", gestand sie.

„Wieso um Himmels Willen sollte ich mir Sorgen machen? Weil du keinen Mann an deiner Seite hast? Für wie antiquiert hältst du mich, Nanalein? Du kannst hervorragend auf dich selbst aufpassen! Ich befürchte nur, das weiß ich besser als du. Und endlich, endlich arbeitest du wieder an deinen Decollagen!" Sie faltete ihre Hände zusammen und blickte dankbar an die Decke. „Das hat mir nämlich in der Tat Sorgen bereitet: Dass du das, wofür du brennst, ignorierst. Und deshalb", sie griff zu der Schatulle und holte den Ring heraus, „brauchst du den Ring eben doch. Er soll dich jeden Tag daran erinnern, was wichtig ist im Leben. Geh deinen Weg, Nana. Nicht einen. Deinen." Elsa schob Nana den Ring auf den Finger und drückte anschließend fest ihre Hand. Nana versuchte nicht mehr, ihre Tränen zurückzuhalten, denn es tat gut, sie loszulassen. Sie spürte, wie ein großer Druck von ihr abfiel. Nana blickte dankbar zu Lutz, der Elsa in der kurzen Zeit offensichtlich einiges erzählt hatte. Er lächelte ihr kurz zu und konzentrierte sich dann erneut auf den Inhalt seiner Teetasse.

„So. Jetzt, wo wir keine ungebetenen Gäste mehr im Haus haben, lasst uns gemütlich werden!" Elsa klatschte in die Hände. „Ich habe Eintopf gekocht und eine gute Flasche Wein atmet schon seit einer Stunde vor sich hin. Willkommen zu Hause, mein Schatz!" Elsa drückte sie noch einmal fest an sich, bevor sie die guten Gläser aus dem Schrank holte, damit sie endlich auf ihr Wiedersehen anstoßen konnten.

SCHNEEWEIß

Nach zwei Tagen auf der Insel fühlte Nana, wie sie langsam zur Ruhe kam. Auch Lutz genoss das Inselleben und Elsas Gastfreundschaft in vollen Zügen. Die beiden hatten sich auf Anhieb gut verstanden. Er verbrachte Stunden in der Natur, und wenn er nicht gerade durch die beeindruckende Landschaft spazierte oder Holz hackte, setzte er sich auf die verwitterte Bank in Elsas Garten und schrieb fleißig in sein Notizbüchlein. So wie jetzt.

Nana stand derweil mit Elsa in der Küche und half ihr beim Marmelade Einkochen. Elsa hatte sich ein Tuch um ihr dünnes graues Haar gebunden und trug eine rotweißkarierte Schürze, die sie besaß, seit Nana denken konnte. Auf dem weißen alten Holzschrank, in dem Elsa ihr Geschirr untergebracht hatte, standen verlässlich die drei blauen Keramiktöpfe mit den weißen Punkten, in die Zucker, Mehl und Salz hineingehörten, weil es vorne so drauf geschrieben stand.

1994

Puderzucker. Daran erinnerte Nana die hauchdünne Schneedecke, die sich Heiligabend in Omas und Opas Garten über den Rasen und die Büsche legte. Der Wind pfiff ums Haus, Schneeregen fiel vom Himmel und drinnen prasselte gemütlich das Feuer im Kamin. Mama, Papa und Opa saßen im Wohnzimmer, spielten Skat und tranken selbstgemachten Glühwein, während Elsa und Nana die Küche in eine Weihnachtsbäckerei verwandelt hatten. Nana liebte das Backen, Nanas Mama weniger, dafür Nanas Oma umso mehr. Und so tobten sich Elsa und Nana in den Weihnachtstagen mit großer Hingabe in der Küche aus. Die Vanillekipferl hatte Oma gerade in den Ofen geschoben, als nächstes standen die Zimtschnecken auf dem Programm.

„Wir brauchen mehr Mehl", verkündete Elsa, und Nana schob den Stuhl ans Regal, um den Topf zu holen. Gerade als sie ihre Hände nach ihm ausgestreckt und ihn gegriffen hatte, spürte sie, wie etwas um ihre Beine strich. Sie erschrak so sehr, dass ihr der Topf aus den Händen rutschte. Binnen Sekunden versuchte sie zu retten, was zu retten war: Ihr Gleichgewicht, den Topf, das Mehl. Es klirrte, aber nur ein wenig, doch es staubte ganz schön viel. Nana hatte den Topf

in ihren Händen halten können, der Deckel aber war auf den Boden gefallen, in zwei Teile zerbrochen, und eine beträchtliche Menge an Mehl hatte sich auf Nanas Kopf, ihren Schultern und ihrem Kleid verteilt. Elsa und Nana schauten dem Kater hinterher, der miauend aus der Küche huschte. Aufgeschreckt vom Lärm eilten ihre Eltern und Opa aus dem Wohnzimmer herbei. Als sie Nana, über und über mit Mehl auf dem Stuhl stehen sahen, den Topf noch zwischen den Händen haltend, fingen sie nach einer Schrecksekunde an, laut zu lachen.

„Meine Schneekönigin!" Mama gab ihr einen Schmatzer auf das bemehlte Gesicht und nahm ihr den Topf ab. Opa hob die beiden Teile des Deckels auf, verkündete, dass dieser ganz hervorragend zerbrochen und damit einfach zu kleben sei und machte sich sogleich an die Arbeit. Papa beschwerte sich lautstark, dass bitte das Skatspiel wieder aufgenommen werde, denn so ein gutes Blatt hätte er zuletzt vor zwölf Jahren gehabt. Nachdem Elsa mit einem Küchenhandtuch Nana das Mehl notdürftig aus den Haaren und vom Kleid entfernt hatte, machten sie sie sich wieder an die Zimtschnecken. Und Kater Teo durfte die Küche erst wieder betreten, nachdem alle Keksdosen fertig gefüllt waren.

Nana strich lächelnd über den winzigen Riss des Deckels, den man eigentlich nur sah, wenn man von ihm wusste, und stellte den Mehltopf anschließend wieder an seinen Platz. Das ist es, was Heimat ausmacht, dachte Nana. Die vielen kleinen vertrauten Dinge, die immer gleich sind – an guten wie an schlechten Tagen.

„Stell den Jansens schon mal eins von den fertigen Gläsern vor die Tür", bat Elsa sie. Im Cottage nebenan, das Elsa an Touristen vermietete und das sie vor Jahren mit ihrem Mann liebevoll dafür hergerichtet hatte, war ein junges Ehepaar mit einem kleinen Sohn aus den Niederlanden untergebracht. Ihre Oma hatte häufig Stammgäste zu Besuch, die Elsas warme und herzliche Art und ihre kulinarischen Köstlichkeiten, die sie regelmäßig vor die Tür ihrer Gäste abstellte, zu schätzen wussten.

Als Nana zurück in die Küche kam, sah sie Elsa gedankenverloren am Tisch sitzen. Langsam strich sie sich eine Strähne hinter das Ohr und blickte aus dem Fenster. Im Gegenlicht sah ihre Großmutter auf einmal sehr zerbrechlich aus.

„Geht es dir eigentlich gut, Oma?“, fragte Nana, und Elsa zuckte erschrocken zusammen. „Himmel, Nana, erschrick mich doch nicht so.“ Sie sah ihre Enkelin an. „Mir geht's bestens, wieso?“

Nana zuckte mit den Schultern. „Ich frag nur. Du wirkst manchmal … müder als sonst.“

Elsa lächelte. „Nana, ich werde 80 Jahre alt. Da darf man ab und an müde wirken, oder?“

„Du doch nicht“, entgegnete Nana halb belustigt, halb bittend. „Du warst schwer krank, Omi. Und man hört ja nicht selten von diesen Langzeitfolgen, ich wollte einfach nur sichergehen, dass …“

Elsa legte ihre Hand auf die ihrer Enkelin. „Nana, es geht mir gut. Aber ich bin alt. Und wir beide wissen besser als andere, dass das Leben endlich ist. Also lass uns das Hier und Jetzt genießen und mach dir keine Sorgen. Dass ich das hier nicht alles verkaufen musste“, ihr Blick kreiste durch die Küche, „und noch eine Existenz habe, habe ich allein dir zu verdanken, Nanalein. Und ich weiß das sehr zu schätzen. Ich hoffe, dir das irgendwann alles zurückzahlen zu können.“ Bevor Nana widersprechen konnte, fuhr Elsa sogleich fort. „Schau mal.“ Stolz zeigte sie ihr den Kalender des laufenden Jahres, in den sie zu ihrer Belustigung noch immer die Buchungen, die digital eingingen, handschriftlich festhielt.

„Ich muss die Reservierungen auf dem Papier sehen, das ist übersichtlicher, und da habe ich was Richtiges in der Hand.

Und wenn dieses Internet mal kaputt geht, habe ich trotzdem alle wichtigen Daten", verteidigte sich Elsa jedes Mal. Und tatsächlich: Der Kalender wies für dieses Jahr kaum noch eine freie Stelle auf. Elsa war ausgebucht. „So, und nun sorg mal dafür, dass Lutz mehr von der Insel sieht als nur meinen Garten."

Nana nickte, gab ihrer Oma einen Kuss auf die Wange und ging hinter das Haus, wo sie schon von weitem Lutz auf der Holzbank sitzen sah. Nana formte mit den Händen einen Rahmen um ihn. „Caspar David Friedrich", rief sie in seine Richtung.

Lutz drehte sich um. „Wie bitte?"

„Du auf der Bank, mit dem Rücken zu mir, vor dir diese unvergleichliche Landschaft – das hätte ein Gemälde von Caspar David Friedrich sein können." Sie ließ sich neben ihm auf der Bank nieder. Als sie versuchte, einen Blick in sein aufgeschlagenes Notizbuch zu ergattern, schloss er es schnell.

„Wie gemein", sagte sie.

„Stimmt. Man schaut nicht einfach in die Notizbücher anderer Leute."

Sie seufzte. „Dann befriedige wenigstens meine Neugierde: Steht was Gutes drin? Machst du Fortschritte? Wann kann ich das fertige Buch lesen?"

Lutz schien kurz zu überlegen. Dann antwortete er: „Zu eins: Das müssen andere entscheiden. Zu zwei: Ja, die Umgebung inspiriert mich. Und zu drei: Ich habe keine Ahnung, und wehe, du setzt mich unter Druck. Druck ist der Tod einer jeden Muse, soll ich dir von meiner ausrichten. Sie hat ihre Stirn schon in Falten gelegt und verschränkt trotzig ihre Arme. Also sei jetzt lieber nett."

Nana lachte. „So, so. Na, dann schlage ich dir Folgendes vor: Hast du heute Nachmittag Lust auf einen Ausflug nach Portree? Die einzige Stadt der Insel musst du gesehen haben, sonst warst du nicht hier. Und Elsa hat uns gebeten, dass wir uns heute Abend zusammensetzen, um ihren Geburtstag zu planen. Ich habe ihre Gästeliste gesehen und kann dir sagen: Es wird ein rauschendes Fest, und es gibt viel vorzubereiten." Lutz nickte. „Gerne. Und auch heute Abend werde ich zur Stelle sein."

„Prima, ich freu mich." Spontan legte sie ihre Hand auf seinen Oberschenkel und drückte ihm einen Kuss auf die Wange. „Dann bis heute Nachmittag, Herr Autor." Schnell stand sie auf und ging zurück zum Haus, damit bloß keine peinliche Stille zwischen ihnen entstehen konnte.

BUNT

„Schön, oder?" Nana schoss ein Foto von der berühmten bunten Häuserreihe im Hafen von Portree. Den Kuss hatte Lutz zu ihrer Erleichterung nicht mit einem Wort erwähnt. Gemeinsam blickten sie von oben auf das bekannte Postkartenpanorama.

„Der Hafen des Königs", entgegnete Lutz.

„Ach, hast du etwa heimlich in meinem Reiseführer gelesen?"

„Nein, ich habe mit Elsa abgewaschen, und sie hat mir währenddessen Unterricht in Landeskunde gegeben. Portree hat rund 2300 Einwohner, eine Kirche, eine Polizeiwache, eine Post und sogar Banken", zählte er auf.

Nana lachte auf. „Stimmt. Das liegt alles rund um den *Somerled Square*. Komm, ich gebe dir eine Rundtour. Und dann gehen wir hinunter zum Hafen und essen Chips mit Salt und Vinegar."

Auf dem Weg hinunter ins Zentrum blieb Lutz an einem Schaufenster stehen. „Moment", sagte er. „Diese Eule muss ich kaufen."

Nana folgte ihm ins Geschäft und verliebte sich sofort. In einen Affen, offensichtlich handgefertigt aus einem Stoff in Schottenmuster. Die Eule, die Lutz erkoren hatte, war aus einem ähnlichen Stoff genäht. „Die sind ja wirklich herzallerliebst! Den da bringe ich Yasemin mit." Sie deutete auf den Affen. „Meinst du, er wird ihr gefallen?"

„Yasemin, denke ich, gefällt alles, was etwas schräg ist. Und ein Affe in Schottenmuster ist schräg."

Sie bezahlten und verließen das Geschäft.

„Warum eine Eule?" fragte Nana.

„Du hast gemerkt, dass dein Satz kein Prädikat enthielt, oder?"

Nana lachte. „Du willst ablenken."

Er räusperte sich. „Sie ist für meine Mutter. Meine Mutter sammelt Eulen. Und sie würde gerne mehr reisen. Aber mein Vater … nun, ja, lassen wir das. Die Firma stand immer an erster Stelle und jetzt, wo er seit zwei Jahren in Rente ist, hockt er lieber in seinem Fernsehsessel. Ich schicke ihr die Eule als Gruß aus der Ferne."

„Das ist eine liebe Geste", sagte Nana leise. „Vermisst du deine Eltern?"

Er zögerte. „Ich bin ein erwachsener Mann. Ich komme allein zurecht."

„Das war nicht meine Frage."

Er lächelte. „Ich weiß." Suchend schaute er sich um. „Wo sagtest du, gibt's gute Chips? Mein Magen knurrt."

Nanas Telefon vibrierte. Nachdem sie geprüft hatte, von wem der Anruf kam, nahm sie schnell ab. „Yasemin! Ich habe gerade an dich gedacht." Sie schaute auf die Tüte mit dem schottischen Affen. „Ich hab eine Überraschung für dich."
„Echt? Cool! Ich liebe Überraschungen. Wollte nur mal kurz hören, wie's euch geht."

„Gut, danke. Wir sind gerade in Portree auf dem Weg zur Pommesbude."

Yasemin lachte. „Klingt lecker. Also steht Lutz neben dir? Dann kannst du nicht frei reden. Antworte einfach mit eins oder zwei: Was, würdest du sagen, ist zum jetzigen Zeitpunkt wahrscheinlicher? Du erwürgst Lutz im Schlaf, weil er dir so auf die Nerven geht, oder ihr steigt in die Kiste?"

„Äh …" Nana spürte, wie sie rot anlief. „Wie geht's deiner Kleinen?"

„Ha, ha, du lenkst ab. Kläglicher Versuch. Gib mir mal Lutz."

Nana reichte ihm das Handy. „Yasemin möchte dich sprechen."

„Hallo Yasemin, wie geht's Churchill?", fragte Lutz sofort.

Sie hörte Yasemins quirlige Stimme, konnte jedoch nicht verstehen, was sie sagte.

Lutz warf Nana einen Blick zu, den sie nicht deuten konnte.

„Tschüss, Yasemin", entgegnete er nur und gab ihr das Handy zurück.

„Ist mit deinem Hamster alles gut?"

„Alles bestens", entgegnete Lutz.

„Da vorne kriegen wir unsere Pommes."

„Du würdest mich nicht im Schlaf erwürgen, oder?", fragte er fast beiläufig, als sie ihren Snack in den Händen hielten und auf den Hafen blickten.

Nana lachte. „Nein." Sie blickte auf die Uhr. „Aber Elsa tut das wahrscheinlich, wenn wir nicht passend zu unserem geplanten Gespräch zurück sind. Auf geht's!"

Während der Rückfahrt konnte sie nicht anders, als die ganze Zeit darüber nachzudenken, wie wohl Lutz' Antwort auf Yasemins Frage gelautet hätte.

HONIGGELB

Nana blickte auf den Wecker in ihrem Zimmer. Es war 7:28 Uhr am 22. Juli. Heute war Elsas großer Tag, heute feierte sie ihren 80. Geburtstag. Ihre Oma, die sich so selbstverständlich und so liebevoll um Nana gekümmert hatte, als ihre Eltern es nicht mehr gekonnt hatten. Die trotz der Tatsache, dass sie den Tod ihrer eigenen Tochter hatte verkraften müssen, Nana mit Zuversicht, Liebe, Hoffnung und Vanillekipferl überschüttet hatte. Elsa war Nanas Fels in der Brandung.
Sie schlüpfte unter der geblümten Bettdecke hervor und nahm Elsas Geschenk aus dem Schrank. Um Lutz nicht zu wecken, ging sie ganz leise über den Flur und öffnete die Tür zu Elsas Schlafzimmer. Ihre Oma lag auf der Seite im Bett. Nana hob die Decke und legte sich zu ihr.

„Du hast eiskalte Füße", verkündete Elsa, und Nana zuckte vor Schreck zusammen.

„Ich dachte, du schläfst noch."

„Nein. Ich denke." Elsa drehte sich auf den Rücken und nahm die Schlafmaske von ihren Augen.

„Woran denkst du?"

„An die vergangenen 80 Jahre."

„Ui. Dann brauchst du bestimmt noch etwas Zeit, oder?"

Elsa lachte. „Ja. Und vielleicht eine Tasse Tee dazu."

„Weißt du noch, wie ich als Kind morgens immer in euer Bett gekrochen bin, wenn ich zu Besuch war?" Nana kuschelte sich an ihre Großmutter und öffnete für einen Augenblick den Tunnel, der sie in die Vergangenheit führte. Sie sah so viele schöne Augenblicke mit ihrer Oma und der ganzen Familie auf der Isle of Skye. Wie sie mit Elsa einen Kräutergarten anlegte. Wie Ewan ihr das Dame-Spiel beibrachte. Wie Elsa ihr abends eine warme Milch mit Honig zubereitete, bevor sie ins Bett gehen musste, und die Stimmen der Erwachsenen aus dem Wohnzimmer sie in den Schlaf wiegten. Wie ihre Eltern mit ihr im Garten Verstecken spielten.

„Natürlich weiß ich das noch", brachte Elsa sie in die Gegenwart zurück. „Du hattest schon damals so kalte Füße."

Nana lachte. „Manche Dinge ändern sich nie. Alles Liebe zum Geburtstag, Oma." Sie nahm das kleine Geschenk vom Nachttisch, überreichte es Elsa und drückte ihr einen Kuss auf die Wange.

„Danke. Das größte Geschenk habe ich bereits."

„Ach?"

„Ich darf diesen Tag mit meiner Enkelin verbringen." Nana schaute Elsa gerührt an und gab ihr noch einen Kuss auf die Wange, weil ihr keine passenden Worte einfielen. Schließlich öffnete Elsa den kleinen Kasten, den Nana ihr geschenkt hatte, und blickte auf die Weihnachtskugel. „Du warst in Straford-upon-Avon?"

Nana nickte. „Du warst damals so traurig, als deine Kugel kaputt gegangen ist. Ich weiß, sie ist nicht von Opa Ewan und somit nicht zu ersetzen. Aber sie stammt zumindest aus dem Ort, in dem ihr zusammen wunderschöne Tage verbracht habt."

„Ach, Nanalein." Elsas Augen hatten sich mit Tränen gefüllt und sie drückte Nana ganz fest an ihre Brust. Sie hatten sich seit Nanas Ankunft häufiger umarmt als früher, weil sie so viele Umarmungen aufzuholen hatten. Deshalb drückte Nana ihre Großmutter noch einmal fest zurück, bevor sie sich wieder voneinander lösten. „So, und jetzt bringe ich dir Frühstück und schmeiße Lutz aus dem Bett. Schließlich haben wir einiges vorzubereiten!" Nana zeigte auf Elsas Wecker. „In sieben Stunden stehen die ersten Gäste vor der Tür!"

Einige Stunden später blickte Nana in den Garten und lächelte. Dieses Bild war dem Anlass würdig, stellte sie erleichtert fest. Auf der großen Rasenfläche hatten Lutz und sie eine imposante Tafel aufgebaut, an dem es sich die eintrudelnden Gäste gleich bequem machen würden. Da das schottische Wetter einem auch gern spontan eine Regendusche verpasste, hatten sie den langen Tisch unter einen Pavillon gestellt. Sicher war sicher. Als Dekoration hatte Nana Bauernsträuße mit Hortensien, Kornblumen, Rosen und Margeriten auf die Tafel gestellt. Kerzen, die angeblich auch Mücken vertreiben sollten, sowie ausgelegte Muscheln und kleine, von ihr sorgsam ausgewählte Steine, rundeten das Bild ab.

Als Vorspeise würde es eine Basilikumsuppe à la Elsa geben, für die Nana ihre Oma schon als Kind geliebt hatte. Mehrfach hatte sie die Suppe nach Elsas Rezept nachgekocht. Doch obwohl die Gäste sie stets für das Ergebnis gelobt hatten, war Nana jedes Mal enttäuscht gewesen. Mit Sicherheit gab es eine heimliche Zutat, die Elsa ihr schlicht nie verraten hatte. Als Hauptgang hatte sich die 80-Jährige klassisch für Haggis entschieden. Das traditionelle schottische Gericht, das aus gefülltem Schafsmagen bestand, nahm in der Zubereitung gut und gerne fünf Stunden in Anspruch. Deshalb war Nana erleichtert, dass sie Elsa hatte überreden können, zumindest die Hauptspeise vom besten Restaurantkoch der Umgebung liefern zu lassen. So hatten sie lediglich Neeps und Tatties als Beilage für die Haggis zubereitet – Steckrüben und Kartoffelpüree.

Neben ihr tauchte Lutz auf und wischte sich den Schweiß von der Stirn. „Ich habe Holz für die Feuerschalen gehackt. Wir können damit problemlos drei Nächte lang durchfeiern. Wann kommen die Gäste?"

Nana schaute auf die Uhr. „In einer Stunde."

„Perfekt. Dann springe ich mal unter die Dusche." Nana blickte an sich herunter: Holzfällerhemd, dreckige Jeans, alte Turnschuhe. „Ich schau nach Elsa in der Küche und danach werfe ich mich auch in Schale." Sie schaute noch einmal auf die lange Tafel. „Das haben wir wirklich gut gemacht. Danke für deine Hilfe."

„Bitte schön. Deine Oma ist ein großartiger Mensch. Ich fühle mich geehrt, bei ihrem Geburtstag dabei sein zu dürfen."

FEUERROT

Die Sterne leuchteten am Himmel, die Luft war gefüllt mit Stimmenwirrwarr und dem Lachen der Gäste. Decken und Feuerschalen spendeten Wärme von außen, Haggis, Ale und Whiskey von innen. Nana saß mittig am langen Tisch und amüsierte sich köstlich mit dem alten Gregory. Der kauzige alte Nachbar ihrer Oma trug, auch wenn er schon vor Jahren aufgehört hatte zu rauchen, stets eine kalte Pfeife im rechten Mundwinkel. „Das ist mein Schmuckstück", erläuterte er. „Ich sehe damit einfach besser aus." Er lachte heiser, und dabei blitzte seine lückenhafte Zahnreihe auf.

Nana gegenüber saß Lutz, der mehr beobachtete als mitredete. Dass er sich wohl fühlte, bemerkte sie an seiner Stirn, die glatt und entspannt war und gar nicht in Falten lag. Gerade als Nana sich wieder dem alten Gregory zuwenden wollte, drehte sich Lutz zu ihr, und ihre Augen trafen sich. Schnell griff sie zu ihrem Whiskeyglas und nahm einen großen Schluck. Der anschließende Hustenanfall ließ Lutz schmunzeln. Gregory lobte ihre Trinkfestigkeit und haute so sehr auf Nanas Rücken, dass ihr das Glas beinahe aus der Hand gefallen wäre.

„Ihr Lieben!“ Elsa hatte sich vom Ende der Tafel erhoben. Alle Augen richteten sich auf das Geburtstagskind. Nana war erleichtert über diese Ablenkung, denn sie gab ihr Zeit, Atmung und Puls wieder in den Griff zu bekommen.

„Was für ein herrlicher Abend! Ich hoffe, bis hier hat euch alles gemundet.“

Ein zustimmendes Gläserklirren erklang.

Elsa nickte zufrieden. „Ein schottisches Sprichwort sagt: 'Du bist der Herr deiner Worte, doch einmal ausgesprochen, beherrschen sie dich' – also halte ich mich kurz, um möglichst wenig dumme Dinge von mir zu geben.“

Ihre Gäste lachten.

„Ich habe heute Morgen im Bett auf das Erlebte zurückgeblickt und muss euch sagen: Ich bin unendlich dankbar für vieles. Für meine Ehen zum Beispiel. Die meisten Menschen sind schon mit einer überfordert.“ Wieder machte sich Gelächter breit. „Ich hingegen hatte das Glück, zwei gute Ehen geführt zu haben. Mit Gerd, deinem Großvater“, sie blickte zu Nana, „habe ich eine wundervolle Tochter in die Welt gesetzt. Gemeinsam hatten wir ein gutes Leben in Deutschland, bis der scheußliche und erbarmungslose Krebs uns voneinander trennte.“ Sie hielt kurz inne. „Mit Ewan lebte ich mein zweites Leben auf diesem wunderschönen Fleckchen Erde. Wir bauten uns unsere Existenz auf, und ohne ihn würde ich euch Saufköppe nicht kennen, was wirklich ein Jammer wäre.“ Elsas Gäste prosteten ihr lautstark zu. „Am glücklichsten bin ich darüber, dass meine Enkelin Nana heute mit uns feiert. Du hast so viel von deiner Mutter.“ Liebevoll lächelte sie ihre Enkelin an, und Nana stiegen Tränen in die Augen. „Vor allem diese unbändige kreative Kraft. Meine lieben Gäste, ich prophezeie euch, wir werden von dieser Frau zukünftig noch hören oder besser gesagt: viel Gutes sehen."

„No pressure!", rief Nana in die Menge und wischte sich unter dem Gelächter die Tränen aus dem Gesicht. Lutz reichte ihr ein Taschentuch und lächelte sie liebevoll an. „Danke", flüsterte sie.

„Ich bin 80", fuhr Elsa fort. „Ich habe meinen Frieden mit den Schicksalsschlägen gemacht, die mir widerfahren sind und bin glücklich über die Dinge, die mir gelungen sind und Kraft gespendet haben. So wie zum Beispiel meine wunderbare Enkelin."

„Hear, hear", ertönte es zustimmend aus der Menge.

„Um mit einem schottischen Sprichwort zu schließen: 'Dummköpfe schauen immer nach morgen. Weise Menschen nutzen den heutigen Abend.' Deshalb genießt den Nachtisch, der nun kommt, und lasst uns feiern, bis unsere alten Knochen brechen oder die Leber aufgibt." Elsa erhob das Glas und ihre Gäste prosteten ihr lautstark zu.

„Würdest du mir helfen, den Nachtisch rauszubringen?", fragte Nana Lutz.

„Natürlich."

Gemeinsam gingen sie in die Küche und Nana deutete auf die großen Schalen, die bereits auf der Anrichte standen.

„Here we go. Die vier Schalen werden auf dem Tisch verteilt, sodass sich jeder nehmen kann. Zusätzlich", sie deutete auf den Küchentisch, „werden die gerösteten Haferflocken und die Whiskeyflaschen dazu gestellt, so kann sich jeder seine perfekte Mischung zusammenstellen."

„Wie heißt das Dessert, wenn man mich fragt?"

„Dich fragt niemand, weil das hier alle kennen. Aber um deine Bildungslücke zu schließen: Chranachan. Ein typisch schottischer Nachtisch, der aus Himbeerpüree, Sahne, Whiskey, Honig und Haferflocken besteht."

„Aye, Madam." Lutz salutierte. „Habe ich dir schon gesagt, dass du in deinem Kleid bezaubernd aussiehst?"

„Ich … äh … das habe ich schon ganz lange. Nichts Besonderes eigentlich."

Lutz lächelte. „Mag sein. Es kommt wohl darauf an, wer es trägt." Er ging einen Schritt auf sie zu, und Nana spürte die Hitze zwischen ihnen, obwohl von draußen die kühle Nachtluft in die Küche zog. Mit einer Schüssel in jeder Hand blieb sie wie versteinert stehen. Lutz schaute ihr tief in die Augen, hob schließlich seinen Kopf, gab ihr einen Kuss auf die Stirn und ging wortlos mit seinen Schalen nach draußen. Nana schloss kurz ihre Augen und genoss das aufregende Kribbeln und die Wärme in ihrem Körper. Schließlich folgte sie ihm mit einem Lächeln hinaus, um die Gäste zu versorgen.

„Das war eine tolle Rede, Oma." Nana gesellte sich zu Elsa, die sich ihre Hände an einer Feuerschale wärmte.

„Danke, Liebes. Versprichst du deiner alten Großmutter etwas?"

„Natürlich."

„Arbeite an einer Ausstellung. Du warst nah dran, und du wirst es wieder schaffen. Der Grund, warum es nicht geklappt hat, war höhere Gewalt und nicht mangelndes Talent."

Nana zögerte. „Elsa, ich weiß nicht, ob ich dir das versprechen kann. Selbst wenn ich noch so hart arbeite, der Markt ist dynamisch, die Nachfragen wechseln ständig, die …"

„Nana." Ihre Großmutter nahm die Hände ihrer Enkelin in ihre. „Du kannst mir nicht versprechen, dass es klappt. Du sollst mir versprechen, dass du es versuchst! Du brauchst die Kunst. Sie macht dich ganz."

Nana nickte. „Ich weiß", flüsterte sie.

Lutz kam zu ihnen und legte zwei neue Holzscheite in die Schale. „Danke, mein Lieber. Du bist der lebende Beweis dafür, dass nicht alle Literaten linke Hände haben müssen. Fürs Holzhacken taugst du zumindest", lobte Elsa. Lutz lachte. „Danke für die Blumen." Er fasste sich an einen imaginären Hut und ging weiter zur nächsten Feuerschale.

„Ob in seinen Händen auch Fingerspitzengefühl liegt, müssten andere entscheiden." Elsa zwinkerte ihrer Enkelin zu.

„Oma!", entgegnete Nana empört.

„Ich bin 80, nicht scheintot. Ich sehe doch, dass es zwischen euch stärker knistert als in dieser Schale."

„Ich habe mich gerade erst von Phillip getrennt, und ich weiß überhaupt nicht, was ich will und nicht will und ..." Nana hob ratlos ihre Hände in die Luft.

„Himmel, Nana. Du musst auch nicht immer alles wissen. Wie ich schon sagte: Heute Nacht ist heute Nacht. Wer schert sich um Morgen oder den nächsten Monat?" Elsa zwinkerte ihr zu. „Wer von uns ist eigentlich 80 und wer noch blutjung? Sei kein Frosch. Und jetzt", Elsa deutete zum Tisch, „setz dich bitte erstmal wieder zu unserem Gregory und pass auf, dass er uns nicht vom Stuhl fällt. Er hatte schon zwei zu viel." Nana lachte. „Alles klar." Sie gab ihrer Oma einen Kuss auf die Wange. „Ich hab dich lieb. Und ich bin dir so dankbar für alles."

„Das weiß ich, Nanalein. Das musst du aber nicht sein. Denn du hast mir gerade in meinen dunklen Stunden die Kraft gegeben, weiterzumachen." Elsas Mund zitterte etwas, als sie ihre Enkelin anlächelte. „Und nun tu, was deine alte Dame sagt, und kümmere dich um Gregory."

Es war weit nach Mitternacht, als sich die letzten Gäste von Elsa verabschiedeten und den Heimweg antraten. Ihre Oma bestand darauf, erst am nächsten Tag mit dem Aufräumen zu beginnen und befüllte drei kleine Gläser mit Whiskey. „Das ist mein Schlürschluck mit euch, bevor ich mich auf den weiten Weg ins Bett mache." Sie deutete mit dem Kopf zum Cottage.

„Danke für eure Hilfe. Ich hatte einen unvergesslichen Geburtstag." Sie prosteten sich zu.

„Ich kann mich nicht erinnern, wann ich das letzte Mal so viel und so gut gegessen habe", sinnierte Lutz.

„Ich kann mich nicht daran erinnern, wann ich das letzte Mal so viel getrunken habe", entgegnete Nana.

„Ich lasse euch die Flasche hier. Ihr müsst ja noch über das Feuer wachen." Elsa zwinkerte ihnen zu. „Gute Nacht, ihr zwei."

„Hier." Lutz legte von hinten eine Decke um Nana und rückte zwei Stühle an die Feuerschale.

„Danke."

Er legte eine weitere Decke über Nanas Beine, und dabei berührten sich ihre Hände. „Mehr Funken als in der Feuerschale", murmelte sie.

„Wie bitte?", fragte Lutz.

„Nichts." Nana winkte ab. „Einen Schluck für die innere Wärme könnten wir noch zu uns nehmen, meinst du nicht?" Lutz nickte, nahm die Flasche vom Tisch, füllte zuerst Nanas und dann sein Glas.

„Wie kommst du mit dem Schreiben voran?", fragte Nana und hörte, wie nervös ihre Stimme klang. Sie drehte sich zu ihm, doch statt zu antworten, blickte er ihr in die Augen, stellte langsam sein Glas ab, ohne seinen Blick von ihr zu nehmen, und kam mit seinem Gesicht ganz nah an sie heran.

„Dieses Mal gebe ich mich nicht mit einem Stirnkuss zufrieden", flüsterte Nana noch, bevor ihre Lippen endlich auf seine trafen. Sie schmeckten nach Himbeeren und rauchigem Whiskey. Nana nahm sein Gesicht in ihre Hände, um ihn noch näher an sich zu ziehen.

„Drinnen ist es wärmer", sagte er heiser, als sie sich wieder voneinander lösten. Sie nickte, und Hand in Hand liefen sie ins Haus, streiften die Schuhe ab und gingen leise die Treppe hinauf in ihr Zimmer. Sie setzte sich aufs Bett und wollte ihn an sich heranziehen.

Doch Lutz hatte andere Pläne, zog sie noch einmal hoch und ihr langsam das Kleid über den Kopf. Dann raunte er ihr zu: „Leg dich auf den Bauch." Behutsam zog er ihr die Strumpfhose aus, fing an, ihre Füße zu massieren, arbeitete sich langsam über ihre Waden bis zu den Innenseiten ihrer Oberschenkel vor und knetete schließlich kraftvoll ihren Po. Nana entfuhr ein Seufzen. Sie wollte, dass seine warmen Hände dort blieben, doch sie wanderten langsam hoch zu ihrem unteren Rücken, massierten die kleinen Knubbel neben ihrer Wirbelsäule. Mit leichtem Druck legte er für einen Augenblick seine Hände auf ihre Nieren, bis sich Nana vollends entspannte, ihre Muskeln weich wurden und sie spürte, wie ihr Körper tiefer in die Matratze sank.

Lutz nahm sich Zeit für ihren Rücken, erkundete jede Stelle, wanderte neben der Wirbelsäule immer weiter hinauf, öffnete ihren BH, bearbeitete die Schultern. Der leichte Schmerz, den seine Hände mit der kräftigen Massage hinterließen, war ein wohltuender. Anschließend strich er über ihre Haare und massierte ihre Kopfhaut. Dann beugte er sich mit seinem Oberkörper zu ihr hinunter und sie genoss seine Küsse. Erst auf ihrem Haar, ganz sanft, dann auf ihrem Nacken. Sein Atem war dicht an ihrem Ohr, sie spürte seine Körperwärme auf ihrer Haut und die feinen Härchen auf ihren Armen stellten sich auf. Er küsste ihre Schultern, wanderte mit dem Mund an ihrer Wirbelsäule wieder hinunter. Seine Küsse hinterließen eine Feuchtigkeit auf ihrer Haut, die sich erst warm, dann kühl anfühlte und sie in Wellen schaudern ließ. Kurz vor ihrem Po stoppte er und deutete ihr, sich umzudrehen. Sie zog den offenen BH aus, genoss seinen Blick, der über ihre Brüste und ihren Bauch wanderte. Er beugte sich zu ihr und hielt für einen Augenblick inne, bevor seine Lippen wieder die ihren suchten.

Nana öffnete den Mund und spürte seine warme, feuchte Zunge, die zunächst sanft mit ihrer spielte und schließlich immer fordernder wurde. Ihre Zungen tanzten miteinander, verloren sich ineinander, neckten sich. Sie wollte mehr davon, wollte tiefer in ihn eintauchen, und zog seinen Kopf noch dichter zu sich heran. Dann löste sie sich kurz von ihm, öffnete die Knöpfe seines Hemdes, seinen Gürtel, und Sekunden später konnte sie endlich auch seine Haut fühlen. Sie fuhr mit ihren Händen über seinen nackten Oberkörper, doch als sie sich aufrichten wollte, drückte er sie sanft zurück aufs Bett, spielte mit ihren Brustwarzen, wanderte mit seinem Mund hinunter, küsste ihren Bauch und ihre Leisten, bevor er in ihrer Scham versank. Sie stöhnte auf, spreizte die Beine, und seine Zunge verwöhnte sie mal mit langsamen, mal mit schnellen Bewegungen. Gelegentlich stoppte er ganz, um sie vollends um den Verstand zu bringen. Ihre Wangen wurden immer heißer, und das wohlige, kribbelnde Gefühl, das sich in ihrem Unterleib ausbreitete, wurde stetig heftiger, bis sie es fast nicht mehr aushielt.

Erleichtert stöhnte sie auf, als endlich alles in ihr explodierte und ihr ganzer Körper für einen Augenblick mit Sternen gefüllt war. Erschöpft sank sie zurück und ließ die Augen geschlossen. Lutz legte sich zu ihr und nahm sie in den Arm. Sie fühlte die enorme Hitze, die ihr Körper ausstrahlte. Trotzdem kuschelte sie sich ganz nah an ihn und spürte nun seine Erregung. „Und du?", flüsterte sie schläfrig.

„Später, Nana, später."

Sie liebten sich noch zweimal in dieser Nacht, und als die ersten Vögel ihre Lieder anstimmten und die Sonne über die Berge der Insel emporklomm, schliefen sie ein.

WEISS

Kaum war Elsas Geburtstag vorbei, zeigte ihnen der Wettergott seine kalte Schulter. Es regnete seit Tagen und der stürmische Wind pfiff um die Hauswände. Nana machte das nichts aus, im Gegenteil. Sie trank viel Tee, schlüpfte in ihre warmen Wollsocken, die sie in Portree gekauft hatte, und überredete Elsa und Lutz, gemeinsam zu backen. „Das war eine Premiere, ich habe noch nie eigenhändig gebacken", berichtete Lutz anschließend mit Mehl auf seiner Nasenspitze. „Dafür hast du dich nicht allzu dämlich angestellt", erwiderte Elsa in ihrer charmanten Art, und Nana verschluckte vor Lachen beinahe einen Mandelkeks, den sie sich gerade in den Mund geschoben hatte.

Die meiste Zeit verbrachte sie jedoch in ihrem Zimmer, dessen Boden sie mit Folie ausgelegt hatte, damit das Holz nicht darunter litt, wenn sie mit den Farben hantierte. Zunächst hatte sie ihr Bild aus Edinburgh fertiggestellt. Nun erstellte sie Skizzen und Stencils, also Schablonen, die sie für ihre neuen Decollagen verwenden wollte.

Es war früher Nachmittag und ruhig im Haus. Elsa hatte sich wie immer nach dem Mittagessen für ein Nickerchen zurückgezogen und Lutz arbeitete in seinem Zimmer an einem neuen Roman.

Nana war erleichtert, dass es nach der Geburtstagsnacht nicht seltsam zwischen ihnen geworden war. „Ich weiß nicht, was das mit uns ist. Wir könnten das vielleicht nach und nach herausfinden?", hatte sie ihm ehrlich an dem Morgen danach gesagt, und er hatte schlicht geantwortet: „Das klingt gut. Kaffee?"

Nana sammelte ihre Pinsel zusammen und wusch sie aus. Morgen würden sie die Heimreise antreten. Sie stellte die Pinsel ins Glas, damit sie trocknen konnten, ging hinüber zu Lutz' Zimmer und klopfte an seine Tür.

„Komm rein."

„Ich will dich nicht lange stören." Er saß mit dem Rücken zu ihr am Schreibtisch. „Hast du Lust, mit Elsa und mir heute Nachmittag einen Ausflug zu unternehmen? Ich lasse mir etwas Schönes einfallen. Es ist unser letzter gemeinsamer Tag."

„Gerne." Lutz tippte unaufhörlich weiter.

„Super, bis dann." Leise zog Nana die Tür hinter sich zu, um die Muse nicht unnötig zu verschrecken.

Nachdem sie den Großteil ihrer Kleidung in den Koffer gepackt hatte, blickte sie auf die Uhr. Es war kurz nach drei. Sie beschloss, Elsa zu wecken. Sie wusste, dass ihre Großmutter sich fürchterlich ärgerte, wenn sie die Hälfte des Nachmittages verschlief.

„Elsa?", fragte sie leise, als sie vor der angelehnten Schlafzimmertür stand. Sie klopfte dreimal und trat ein. „Oma?" Ihre Großmutter lag friedlich auf dem Rücken im Bett und schlief noch immer tief und fest.

„Oma, es ist schon drei Uhr." Vorsichtig berührte Nana ihren Arm. Doch Elsa rührte sich nicht.

„Oma?" Nana spürte, wie sie panisch wurde. Etwas war hier ganz und gar nicht in Ordnung.

„Oma?" Sie rüttelte Elsa nun heftiger am Arm, aber ihre Augen blieben geschlossen. Ihre Haut war kühl. „Nein, bitte nicht, bitte nicht", wiederholte Nana wieder und wieder.

„Elsa, bitte nicht! Nein", schrie sie nun. Das Letzte, was Nana hörte, waren Lutz' eilige Schritte, bevor sie auf den Boden neben das Bett ihrer Großmutter sank und sich Dunkelheit über sie legte.

SCHWARZ

Nebel hatte sich über den gesamten Tag gelegt. Elsa war beliebt gewesen, doch Nana sah in die Gesichter, ohne sie wahrzunehmen. Sie hatte ihre Stimme verloren, und als sie am Morgen ihre Schuhe anziehen wollte, hatte auch ihr Körper versagt. Nana blieb bewegungslos auf der Stufe sitzen. Sie wusste, sie musste die vor ihr stehenden Schuhe anziehen, sie wusste, sie musste gleich zur Haustür hinaus und zu Elsas Beerdigung gehen, vorher noch den Strauß vom Küchentisch nehmen. Ja, den Strauß durfte sie nicht vergessen, denn sie musste ihn doch später ins offene Grab werfen. Sie wusste das alles, und doch war es unmöglich. Deshalb war sie einfach sitzen geblieben und hatte die Wand angestarrt, bis Lutz sich vor sie gehockt und ihr die Schuhe angezogen hatte. Er hatte die ganze Zeit dabei geredet und seine Stimme hatte angenehm ruhig geklungen, doch sie hatte nichts verstanden. Sie hatte sich ins Auto setzen lassen und stand nun neben ihm am Grab. Manchmal sackten ihre Knie weg, doch Lutz stützte sie verlässlich.

Irgendwann warf sie den Strauß ins Grab, schüttelte Hände, ohne einen Laut von sich zu geben und ohne zu weinen. Sie aß nichts, sie trank nichts.

Sie atmete noch.

Aber mehr, ja mehr war an diesem Tag wirklich nicht drin.

ZARTGRÜN

Es war der sechste Tag. Oder vielleicht der achte? Nana hatte sich die Decke über den Kopf gezogen, die Beine angewinkelt und schaltete die kleine Taschenlampe, die sie auf Elsas Nachttisch gefunden hatte, ein und aus. Ein und aus. Ein und aus. Aus dem Bett trieb sie nur eine volle Blase und das Zähneputzen, wenn das Gefühl in ihrem Mund zu pelzig wurde. Regentropfen peitschten gegen das Fenster.

Elsa war an Herzversagen gestorben. Ihr Herz hatte nach der schweren Erkrankung Schaden genommen. Nana hatte die Medikamente in Elsas Nachttisch gefunden. Campbell, Elsas Hausarzt, hatte Nana einen Tag nach der Beerdigung besucht und ihr alles erklärt.

„Elsa wusste, dass ihr Herz schwach war und jeden Tag aufhören konnte, zu schlagen."

„Warum hat sie mir davon nichts gesagt?", hatte Nana Campbell angebrüllt. Er hatte gewusst, dass dies nicht ihm galt, sondern sie lediglich ihren Schmerz herausschrie.

„Sie wollte nicht, dass du täglich Angst um sie hast", war seine schlichte Antwort.

Nana wusste, dass das ein guter Grund war. Sie hätte in der Tat jeden Tag fürchterliche Sorge um Elsa gehabt. Ihre Oma hatte schon immer besser als sie selbst gewusst, was Nana wann tragen konnte – und was nicht.

Ein. Aus. Ein. Aus. Ein. Aus. Ein …

„Nana?“ Die Zimmertür quietschte. „Du musst etwas essen. Bitte.“ Sie hatte das belegte Brötchen, das Lutz ihr am Morgen gebracht hatte, nicht angerührt. „Ich habe eine Rindersuppe gekocht. Bitte, iss wenigstens ein paar Löffel davon, ich stelle sie hier ab.“ Er seufzte. „Und ich lasse dir gleich ein Bad ein. Es wird dir guttun.“ Sie hörte, wie er die Gardinen zur Seite zog. Für eine Weile war es still. Wahrscheinlich überlegte er, was er noch sagen könnte. Doch dann entfernten sich seine Schritte, die Tür quietschte noch einmal kurz. Sie atmete aus. Schaltete die Taschenlampe ein. Aus. Ein. Aus.

Ihr Magen knurrte. Die Suppe roch gut, sogar durch die Decke. Schließlich streckte sie den Kopf heraus. Das Tageslicht schmerzte in ihren Augen, Elsas Tod in ihrem ganzen Körper. Zittrig setzte sie sich auf, nahm den tiefen Teller mit dem Löffel vom Nachttisch und probierte. Es schmeckte noch besser, als es roch. Sie hatte die Suppe gerade aufgegessen, als Lutz erneut seinen Kopf durch die Tür steckte.

Erleichtert blickte er auf den geleerten Teller in ihren Händen. „Dein Bad ist fertig.“

Nana blickte ihn an. „Du siehst müde aus.“

„War die Suppe gut?“, fragte er.

„Sehr gut.“

Er lächelte. Und für einen Augenblick spürte Nana etwas anderes als pures Schwarz, etwas anderes als tiefe Trauer und Schmerz. Lutz gab auf sie acht, er kümmerte sich hingebungsvoll und mit einer liebevollen Zartheit um sie. Das rührte Nana.

Und plötzlich fühlte sie Hoffnung. Denn wenn es für einen Moment möglich war, etwas anderes als Schwarz zu fühlen, würde es mit etwas Übung möglich sein, immer häufiger wieder bunte Farben in ihrem Inneren zu spüren. Sie war der Trauer und dem Schmerz nicht hilflos ausgeliefert. Das hatte sie schon einmal gelernt, sie musste sich darauf besinnen. Nun rang auch sie sich zu einem zaghaften Lächeln durch. „Würdest du dich zu mir an den Badewannenrand setzen?" Er tunkte den Waschlappen in das warme Badewasser und fuhr damit über ihren Rücken.

„Danke, dass du das aushältst."

„Definiere 'das'."

Nana drehte ihren Kopf zu ihm. „Meine Trauer", konkretisierte sie. „Danke, dass du meine Trauer aushältst."

„Ich muss sie nicht aushalten. Ich begleite dich nur. Ich gehe neben dir, in der Hoffnung, dass es dir hilft. Die Trauer, die Wut, das Schwarze – das trägst du leider allein, ich kann es dir nicht abnehmen." Er fuhr mit dem Waschlappen an ihren Armen entlang. „Heinrich Steinfest hat mal in einem Interview gesagt: 'Das Leben ist unglaublich zerbrechlich und das macht mich auch ein bisschen wütend auf das Leben.'"

Nana ließ das Wasser durch ihre Hände rinnen. „Das hat er gut gesagt."

„Ja, er ist Autor."

„Was macht dein Roman?", fragte sie.

„Er wächst." Lutz machte eine kurze Pause. „Die Zeit hier hat mir sehr gutgetan. Die Isle of Skye ist …"

„Magisch?"

„Inspirierend."

„Natürlich. Du bist Ostwestfale. 'Magisch' existiert nicht in deinem Wortschatz. 'Inspirierend' ist für deine Verhältnisse geradezu ein ekstatisches Wort."

„Blöde Kuh“, entgegnete er in zärtlichem Ton und wrang den Schwamm über ihren Kopf aus.

„Darf man witzeln, wenn ein geliebter Mensch gestorben ist?“, fragte Nana leise und spürte die Schwere zurückkehren.

„Was meinst du, wie Elsas Antwort lauten würde?“

„Ich bitte darum?“ Sie sah Lutz an.

„Ja, an etwas in der Art hatte ich auch gedacht.“

Nana blickte in das blaue Wasser. „Ich weiß nicht, wie es weitergehen soll. Elsa war meine Familie. Jetzt habe ich niemanden mehr.“ Ihre Stimme brach.

Lutz legte den Schwamm zur Seite und hielt sie mit beiden Händen an den Schultern fest. „Der letzte Satz stimmt nicht. Du hast mich, du hast Freundinnen. Und, ganz wichtig: Du hast deine Kunst! Du kannst sie wandeln, deine Wut, deine Ohnmacht, deine Trauer. Nutze sie produktiv. Es wird dir guttun und gleichzeitig wirst du Wunderbares kreieren.“ Sie schluchzte. Da saß sie wie ein Häufchen Elend in der Wanne. Selbst das Abtrocknen und ins Bett zurückkehren erschien ihr als so immenser Kraftakt, dass sie nicht sicher war, ob sie ihn bewältigen konnte.

Lutz schäumte ihre Haare ein und duschte sie ab, wie es ihre Mutter getan hatte, als sie ein kleines Kind gewesen war. Schließlich nahm sie das Handtuch, das er ihr aus dem Schrank reichte. Es war ein altes Handtuch. Eines, das fast so alt war wie sie. Unten am Saum stand in bunten Farben ihr Name geschrieben. Elsa hatte Handtücher mit den Namen all ihrer Familienmitglieder bestickt. So hatte jeder seins, wenn man zu Besuch gekommen war. Lilly. Christoph. Ewan. Elsa. Nana. All diese Namen würden sich dort im Schrank auf den Handtüchern finden. Sie war die Übriggebliebene.

Langsam fuhr sie mit den Fingern über ihre vier Buchstaben.

„Nana, das kriegste hin", hörte sie Elsas Stimme. Ihre Tränen vermengten sich mit den Wassertropfen.

„Ich krieg das hin", flüsterte sie, schlang das Handtuch um ihren Körper und stieg aus der Badewanne.

SONNENGELB

Nana saß auf Elsas Bett und ließ ihren Blick schweifen. In dem alten robusten Holzschrank dort drüben hingen Elsas Kleider und die praktischen Hosen, daneben lagen ihre Hemden, Socken und Unterwäsche und warteten darauf, gebraucht zu werden. Es gab Menschen, die rührten die Kleidung ihrer Verstorbenen jahrelang nicht an. Alles blieb an seinem Platz. Andere verschenkten oder entsorgten sie umgehend. Nana hatte keinen Schimmer, zu welchen Menschen sie zählen würde. Sie ging zur rechten Schrankseite, bückte sich und strich über die Kerben, die in das Holz geschnitzt waren. Jeden Sommer hatte sich Nana an den Schrank gestellt und ihre Großmutter hatte ihre Wachstumsschritte im Holz markiert. Elsas Hausschuhe standen ordentlich nebeneinander unter dem Bett. Nana roch an der Fleecejacke, die über dem Stuhl am Fenster hing, und zog sie über.

Bevor sie den Raum verließ, strich sie noch einmal mit ihrer Handfläche über Elsas Bettdecke. Dann holte sie aus der Küchenschublade im Erdgeschoss den Schlüssel für das zweite Cottage und ging hinüber. Lutz hatte den Gästen, die kurz nach Elsas Tod angereist wären, abgesagt. Er hatte sich um alles gekümmert, während sie ihren Kopf unter die Bettdecke gesteckt hatte.

Die Luft im Inneren roch muffig. Sie öffnete Gardinen und Fenster im Flur. Sonnenstrahlen fielen in den Raum, in ihnen tanzte fröhlich der Staub.

Sie wanderte durch die Räume, alle sauber und ordentlich, doch die Zeit war in ihnen stehengeblieben. Die Teppiche und Möbel hatten Jahrzehnte auf dem Buckel. Die Wände bettelten um einen neuen Anstrich. Nana blickte auf die lange Wohnzimmerwand und spürte, wie es anfing zu kribbeln. „Nutze deine Kreativität“, hörte sie Lutz' Stimme und lief hinüber. „Lutz?“, rief sie und nahm zwei Stufen auf einmal. „Lutz?“

Sie hörte, wie sich seine Tür öffnete. „Nana? Alles in Ordnung?“

„Hilfst du mir“, sie unterbrach den Satz, um Luft zu holen, „hilfst du mir, die Möbel drüben im Cottage an die Seite zu räumen? Ich muss malen.“

Lutz nahm sie in den Arm. „Ja, das musst du. Ich komme, ich speichere schnell mein Dokument.“

Nana nickte, löste sich aus der Umarmung, rief ein „Danke schön“ über die Schulter und holte aus ihrem Zimmer Farben und Pinsel. Sie wollte keine Zeit verlieren. Niemand wusste, wie viel einem davon zur Verfügung stand.

ERDBRAUN

Wochenlang hatte sie von morgens bis abends gearbeitet und konnte es kaum glauben, als sie endlich fertig war. Das Urlaubscottage war nicht wiederzuerkennen. Duncan, der örtliche Tischler, hatte in Nanas Auftrag einen neuen Küchentisch und Stühle geliefert. In einem Geschäft in Portree hatte sie ein Sofa erstanden, das perfekt zu dem alten Wohnzimmertisch passte, den Nana abgeschliffen und neu gestrichen hatte. Die alten Teppiche hatte sie rausgeschmissen und lediglich zwei neue ins Wohnzimmer und Schlafzimmer gelegt, so wirkten die Räume größer.

„Welches liebst du mehr?“, fragte Lutz, nachdem er den neuen Kühlschrank angeschlossen hatte. Damit war das Cottage startklar für Gäste. „Dein Werk im Wohnzimmer oder in der Küche?“

Nana lachte. „Ich zitiere Baker: ‚Das wäre, als wenn du mich fragen würdest, ob ich ein Lieblingskind habe.“ Mit schräggelegtem Kopf betrachtete sie die Küchenwand, auf die sie einen Ausschnitt des Glen Coe gemalt hatte. Der Lichteinfall und die Grüntöne waren ihr gut gelungen. Dafür, dass sie selten so konkret malte, und noch seltener Landschaften, war sie zufrieden. Im oberen Bereich wanderten zwei Personen mit dem Rücken zum Betrachter durch das satte Grün. Eine trug einen Zopf, die andere eine Glatze, oder, wie Nana und Lutz zu sagen pflegten: Eine Verzichtsfrisur. Nana schlenderte in den angrenzenden Raum. Die Wohnzimmerwand war doppelt so groß und hier hatte sie sich abstrakter verewigt. Nana nannte es Seelenlandschaft. Sie hatte mit vielen unterschiedlichen Farbtönen gearbeitet und zum Teil Erde aus Elsas Garten mit aufgetragen. Rechts oben breitete ein Vogel seine Flügel aus, zumindest sie sah ihn in dem Bild. Jede und jeder sollte darin wiederfinden, was ihm oder ihr gerade fehlte.

„Dieses Werk ist stark." Lutz hatte sich neben sie gesellt und drückte sie an sich.

„Wir müssen reden", verkündete sie nach einem Moment der Ruhe.

„Meistens beginnt mit einem solchen Satz ein unangenehmes Gespräch", entgegnete er und ließ sie dabei nicht los. „Manchmal auch ein konstruktives."

„Dann bitte ich um Letzteres." Sie lachte und lehnte ihren Kopf an seine Schulter.

„Treffen wir uns um 19 Uhr in Elsas Küche? Ich muss noch ein Kapitel überarbeiten."

Nana nickte, löste sich aus seiner Umarmung und gab ihm einen liebevollen Kuss auf die Wange.

Um eine flackernde Kerze verteilt, standen auf dem Tisch kleine Schalen mit Oliven, Käse und Dips.

„Was bedeutet für dich Heimat?", begann Nana das Gespräch, während sie ihr Brot in eine köstliche Schafskäsecreme tunkte.

Lutz goss ihnen Rotwein ein und blickte sie überrascht an. Nachdenklich schwenkte er sein Glas und beobachtete die

Schlieren, die an den Rändern langsam herunterglitten. „Ich glaube, ich liebe meine Heimat mehr, wenn ich sie aus der Ferne betrachte."

„Warum?"

„Darüber müsste ich länger nachdenken. Meine spontane Antwort lautet: Weil ich mit Abstand die Dinge zumeist wohlwollender betrachte."

Nana lachte. „Das bedeutet, du verbindest mit Heimat nichts Gutes?"

Lutz legte sich Oliven und Käse auf den Teller. „Immer wenn ich im Leben gescheitert bin, geschah es in der Heimat. Sie trägt mit Sicherheit keine Schuld daran, aber es ist, wie es ist. Aus der Ferne denke ich weniger an mein persönliches Scheitern, sondern mehr an bestimmte Gerüche, an den Teutoburger Wald, den Geschmack des Käsekuchens meiner Mutter. Dabei ergreift mich eine Melancholie, in der ich bade, und eine Sehnsucht, die ich gar nicht erfüllt wissen will, sie aber gerne für eine Weile spüre."

„Warum bist du dann wieder nach Ostwestfalen gezogen?", fragte Nana und runzelte die Stirn.

„Das hatte schlicht praktische Gründe. Das Jobangebot, wie du weißt, und eine gewisse Bequemlichkeit. Ich kenne meine Heimat. Ich finde mich dort zurecht." Er nahm einen weiteren Schluck. „Wie sieht das Wort 'Heimat' für dich aus?", fragte er.

„Das E erscheint sonnengelb, das I blau. Das sind die zentralen Farben. Klar und strahlend."

„Und was verbindest du mit Heimat?"

„Geborgenheit", antwortete Nana spontan. „Sicherheit. Menschen, die dich dein Leben lang begleiten." Sie dachte nach. „Das familiengeführte Kino, in dem ich von meinem Platz aus auf einen Knopf drücke und eine Bestellung aufgeben kann. Heimat ist diese eine Straße, auf der ich dieses eine bestimmte Stück immer gerannt bin, weil ich Schiss vor dem bissigen Hund auf dem Schrottplatz hatte. Den Schrottplatz gibt es schon lange nicht mehr. Aber all diese Dinge verbinde ich mit meiner Heimat."

Er nickte. „Heimat setzt sich aus Erinnerungen zusammen."

„Auch, ja. Heimat ist das Freibad, in dem ich als Kind und Jugendliche meine Tage in den unendlich langen Sommerferien verbracht habe und nirgends, wirklich nirgends habe ich bessere Pommes als dort gegessen."

Nun lachte er. „Die berühmten Freibadpommes. Ich glaube, diese Erfahrung eint alle Menschen, die schon einmal im Freibad Pommes gegessen haben." Er riss sich ein Stück Brot ab. „Heimat ist auch Sprache."

Nana blickte ihn fragend an.

„Na, du kommst aus Ostwestfalen wech und nicht her, richtig?"

Nana schmunzelte. „Richtig. Und nicht lange schnacken, Kopp in' Nacken. In diesem Sinne: Prost."

Sie stießen an.

„Warum hast du mir diese Frage gestellt?", hakte Lutz nach.

„Weil ich eine Idee in meinem Kopf habe und den Mut sammele, um sie dir zu unterbreiten."

„Leg los. Ich sage dir geradeheraus, ob es eine gute oder schlechte Idee ist. Wir sind hier unter Ostwestfalen."

Nana lachte. „Nun gut. Ich habe das Gefühl, dass du dich hier wohlfühlst und deine Muse es auch prima findet …"

„… und?"

„… und ich habe mich gefragt, ob wir nicht tauschen wollen."

Lutz runzelte fragend die Stirn.

„Ich brauche jemanden, der sich um Elsas Cottage und die Urlaubsvermietungen kümmert. Für mich ist klar, dass ich auf der Insel gerne meinen Urlaub verbringe, aber hier nicht leben möchte." Sie schnappte sich eine Olive. „Ich brauche für meine Kunst das Urbane. Du die Ruhe der Insel …"

„Du willst mir anbieten, das Cottage zu mieten und ziehst dafür in meine Wohnung nach Bielefeld." Lutz formulierte es nicht als Frage, sondern als Aussage.

Nana spürte, wie ihre Wangen warm wurden. „Du sollst keine Miete zahlen, dafür kümmerst du dich um die Urlauber nebenan. Und ja, ich würde nach Bielefeld gehen."

Er ließ seinen Blick aus dem Küchenfenster gleiten. Nana hörte das Ticken der Küchenuhr.

„Das ist eine gute Idee", sagte er schließlich.

„Ehrlich?"

„Ehrlich. Meine Uni-Seminare kann ich online abhalten. Das praktizieren viele auf diesem Weg."

„Dann haben wir einen Deal?"

„Es gibt dieses wunderbare deutsche Wort 'Vereinbarung'", rügte Lutz.

„Natürlich, Herr Autor." Sie schaute ihm tief in die Augen und spürte dasselbe Kribbeln wie in Elsas Geburtstagsnacht.

„Was wird aus uns?", fragte sie leise.

„Wieso muss aus uns etwas werden? Wir sind auf eine besondere Art miteinander verbunden, das spürst du und das spüre ich." Er hielt kurz inne. „Und wir haben hier noch ein paar gemeinsame Nächte."

REGENBOGENFARBEN

Durch die Tür hörte sie die Besucherinnen und Besucher, Gläserklirren, ein lautes, angenehmes Lachen. Sie saß am Tisch, die Hände vor sich gefaltet, um das Zittern unter Kontrolle zu halten. Ihr Mund war schon wieder staubtrocken, rasch nahm sie einen weiteren Schluck stilles Wasser. Sie schaute auf ihre Armbanduhr. Noch zehn Minuten, dann würde sie dort hinausgehen und gemeinsam mit der Inhaberin der Galerie ihre Ausstellung eröffnen. Ihre erste eigene Ausstellung! Sie hatte im vergangenen Jahr an fast nichts anderem gearbeitet. Mit den Mieteinnahmen aus Elsas Erbe, gelegentlichen Auftragsarbeiten und ihren Ersparnissen würde sie noch ungefähr ein Jahr über die Runden kommen. Falls die Ausstellung erfolgreich laufen würde … aber ach, sie wollte ihre Hoffnungen nicht zu hoch hängen.

Es klopfte an der Tür.

„Ja, bitte." Rasch räusperte sie ihren Frosch im Hals weg.

„Auf einer Skala von eins bis zehn – wie nervös bist du?"

„Lutz! Du bist da!" Sie sprang vom Stuhl und umarmte ihn innig. „Zwölf", antwortete sie, und er lachte.

„Du hast auf meine Einladung nicht reagiert und ich dachte …"

Er winkte ab. „Um nichts in der Welt würde ich deine Ausstellungseröffnung verpassen. Ich war in den vergangenen Wochen im Tunnel. Vorgestern ist mein Roman endlich in den Druck gegangen."

„Oh, das freut mich so!"

„Und mich freut, dass dein Werk aus Edinburgh so prominent in der Ausstellung platziert ist."

Nana nickte. „Damit ist der Knoten damals endlich wieder geplatzt."

„Ich bin zu deinem großen Abend übrigens nicht allein gekommen", verkündete er.

„Oh." Nana spürte einen Stich in ihrem Herzen.

Er lächelte sie liebevoll an. „Nicht, was du vielleicht denkst. Ich möchte dir nach der Eröffnung meine Eltern vorstellen. Ich habe mit ihnen Kontakt aufgenommen. Weil das Leben zu kurz für Krieg mit den Eltern ist."

Auf ihrem Gesicht machte sich ein dickes Lächeln breit. Diesen Satz hatte sie ihm mehrfach bei ihren Videogesprächen gepredigt, in denen sie nächtelang über die Kunst und das Leben philosophiert und gestritten hatten. „Was für wundervolle Nachrichten."

Er schaute auf die Uhr. „Immerhin ist es mir gelungen, dich fünf Minuten von deinem Lampenfieber abzulenken. Und nun, liebe Künstlerin, eile gleich hinaus und zeige den sektschlürfenden Menschen dort draußen, aus was für einem Holz du geschnitzt bist. Yasemin und ich stehen in der ersten Reihe." Er nahm ihr Gesicht in seine warmen Hände und gab ihr einen sanften Kuss auf die Lippen.

„Ich brauche unbedingt noch einen, um das Lampenfieber besser unter Kontrolle zu kriegen", flüsterte Nana und suchte noch einmal seine Lippen. Als sie sich voneinander lösten, drückte sie für einen Augenblick ganz fest seine Hand. „Wir sehen uns später, ja?“

Er nickte. „Ich warte auf dich.“

EIN FARBENFROHES UND FETTGEDRUCKTES DANKE …

… geht in alphabetischer Reihenfolge an:
Caroline Beier von der Deutschen Synästhesie-Gesellschaft e.V. (www.synaesthesie.org), Matze Brandt, der mich in die Kunst der Decollagen eingeführt hat, Nina George, der ich den ersten Satz des ersten Kapitels verdanke, Annika Heidemann, Erstlektor & Mutmacher Carsten Henn, Robert Pfeffer für seine Definition von Kitsch, Testleserin & Mutmacherin Britta Schürmann.

Und danke an Dich, wundervolle T., du inspirierst mich jeden Tag aufs Neue.

Bei Euch, liebe Leser*innen, bedanke ich mich von Herzen, dass Ihr Euch mit Nana & Lutz auf diese Reise begeben habt. Schreibt mir gerne von Euren Eindrücken an info@christianeantons.de.

LIEBE GEHT DURCH DEN MAGEN: PER POSTRE, AMORE!

GABRIELE KETTERL

Ein Traummann zum Dessert

ROMAN

10,99 € (D) / 11,40 € (A)

TASCHENBUCH, 346 SEITEN
978-3-96215-377-9

Kurz vor ihrem dreißigsten Geburtstag ähnelt Sophias Leben einem Scherbenhaufen: Ihr Freund Stefan betrügt sie mit seiner blutjungen Assistentin – und das, obwohl sie ihm kurz zuvor einen romantischen Heiratsantrag gemacht hat.

Was nun? Arsen (für ihn) oder Flucht (für sie)? Sophia wählt nach reiflicher Überlegung die Flucht und taucht vorübergehend bei Freunden im sommerlichen Venedig unter. Dass sie in der verzauberten Stadt innerhalb kurzer Zeit zwischen zwei atemberaubenden Männern steht, hätte sie niemals vermutet. Doch sowohl Conte Ariano als auch der junge Romano, der ihr bei der ersten Begegnung etwas unheimlich erscheint, verwirren sie.

Zu allem Überfluss steht urplötzlich Stefan vor der Tür und legt ihr ein Angebot zu Füßen …

Neuigkeiten und Bücher der Edel Verlagsgruppe gibt es unter **www.betterbooks.shop**

EDEL VERLAGSGRUPPE

EDEL ELEMENTS